Éros

Tome 1

©2022. EDICO
Édition : JDH Éditions
77600 Bussy-Saint-Georges. France

Imprimé par BoD – Books on Demand, Norderstedt, Allemagne

Conception et réalisation graphique couverture : Cynthia Skorupa

ISBN : 978-2-38127-250-4
Dépôt légal : mars 2022

Le Code de la propriété intellectuelle n'autorisant, aux termes de l'article L.122-5.2° et 3°a, d'une part, que les copies ou reproductions strictement réservées à l'usage privé du copiste et non destinées à une utilisation collective, et d'autre part, que les analyses et les courtes citations dans un but d'exemple et d'illustration, toute représentation ou reproduction intégrale ou partielle faite sans le consentement de l'auteur ou ses ayants droit ou ayants cause est illicite (art. L. 122-4).
Cette représentation ou reproduction, par quelque procédé que ce soit constituerait une contrefaçon sanctionnée par les articles L. 335-2 et suivants du Code de la propriété intellectuelle.

Laurine Boireau

Éros

Tome 1

À travers ses yeux

JDH Éditions
Romance Addict

Je veux vous demander à tous :
« Quel est ton nom ?
Qu'est-ce qui te fait vibrer et fait battre ton cœur ?
Raconte-moi ton histoire.
Je veux entendre ta voix, et je veux entendre tes convictions.
Peu importe qui tu es, d'où tu viens,
la couleur de ta peau ou ton genre, exprime-toi.
Trouve ton nom et trouve ta voix en t'exprimant. »

Kim Namjoon du groupe BTS lors d'un discours à l'ONU

*Je dédie ce livre à tous mes lecteurs,
et à ceux qui ont contribué à son existence.*

1

Carpet

— Eh ! Tu ne peux pas regarder où tu vas ?!

Les pneus de la voiture qui m'évitent de justesse, je les entends crisser brutalement contre la route goudronnée sous mes pieds. D'instinct, j'arrête de marcher et ma tête se redresse vers la voix grave et bourrue de l'homme qui vient de s'adresser à moi. Mais c'est trop tard, il est déjà parti, ne souhaitant pas s'attarder sur un gosse tel que moi.

Le bruit que fait le moteur de son véhicule en partant se répercute dans le paysage lointain que je ne peux apercevoir, et c'est d'un pas légèrement tremblant que je monte à nouveau sur le trottoir que j'ai quitté il y a de cela quelques secondes.

Déraper du bitume comme ça, ça m'arrive parfois. Beaucoup au début, mais maintenant que j'y suis habitué, moins. Mais ça me fait toujours autant peur quand j'entends les voitures passer à toute vitesse à quelques millimètres de ma frêle silhouette, sachant que je peux me faire faucher à tout moment.

— Est-ce que ça va, petit ?

Cette voix douce et féminine, bien qu'elle soit quelque peu enrayée par l'âge, je la reconnais entre mille. C'est madame Mee, la gérante d'un des restaurants de nouilles aux crevettes qui borde la route que je prends tous les jours pour faire ma promenade quotidienne.

— Oui, ne vous inquiétez pas, c'est habituel pour moi ce genre de choses, vous savez.

— Tout de même, Taesong, il ne voit donc pas que tu es… Enfin… Bon, rentre un moment, je vais te faire un chocolat chaud.

Je n'en ai pas spécialement envie, mais la compagnie de Mme Mee est agréable. C'est le genre de femme qu'on devrait tous avoir en tant que grand-mère. Celle qui vous sèche les cheveux après une bonne douche pour éviter que vous ne tombiez malade, qui vous enroule dans – minimum – douze écharpes quand vous vous apprêtez à sortir en plein hiver, ou bien même qui vous offre toujours plus de billets à Noël qu'elle ne le devrait.

C'est donc ainsi que moi, Kim Taesong, étudiant en arts, rentre dans le petit restaurant de Mme Mee – qui sent terriblement bon le bouillon de crevettes, les épices et les nouilles – en balançant ma canne blanche de droite à gauche pour sentir où je mets les pieds. J'ai l'habitude de venir ici très souvent et j'ai donc appris à connaître par cœur l'endroit. Mais parfois, comme Mee reçoit de la marchandise et doit la stocker où elle en a la place, ça arrivait que mon bâton rencontre un ou deux cartons par-ci par-là. Mieux vaut être prudent. J'ai déjà perdu la vue, je n'ai pas envie de me casser un bras en plus.

À tâtons, je parviens sans problème à la table que je prends habituellement quand le restaurant n'est pas encore ouvert. Une fois assis, je me permets de laisser mes sens se faire chambouler par toutes les odeurs alentour et les bruits que fait Mee en préparant ma boisson.

Quelques minutes après, une fois qu'elle a fini, je perçois ses pas feutrés, grâce aux chaussons qu'elle a aux pieds, signe qu'elle revient en trottinant vers moi.

— Voilà, mon grand. Fais attention, c'est brûlant.

— Merci, Mee, vous êtes adorable.

Le petit bruit que fait la tasse en rencontrant le bois du plan de travail m'indique qu'elle est juste face à moi, et c'est avec précaution que je la prends entre mes doigts en me délectant de la chaleur qu'elle offre à mes paumes. Je peux d'ailleurs sentir sans aucun mal le regard intense de la gérante du magasin sur chacun de mes mouvements.

Vous savez, ce n'est pas si affreux que ça d'être aveugle une fois qu'on s'y est habitué. Ce qui est plus dur, c'est le regard que les gens vous lancent ou les chuchotements déplacés qu'ils ont à votre égard en pensant que vous n'entendez pas. Comme si vous étiez une mutation génétique ou un quelconque monstre qu'il ne faut surtout pas approcher au cas où votre cécité leur saute dessus.

Ce qui m'a plu avec Mee, c'est qu'elle n'est pas comme ça. Elle est simplement bienveillante. Les quelques jours qui ont suivi mon accident, elle m'a vu passer devant son petit commerce et m'a invité à y entrer, plusieurs fois. Et même si je n'ai pas voulu au début et que je le lui ai bien fait comprendre, elle m'a forcé à venir me poser ici, à cette même table, et à prendre un chocolat chaud.

Et ce sont les meilleurs chocolats chauds du monde.

— Fais attention en rentrant, Taesong. À bientôt.

Quelques minutes plus tard, me voilà déjà reparti avec ma meilleure amie la canne, sur le trottoir goudronné en direction de mon petit chez-moi. Autant vous dire dès le début qu'il n'a rien d'exceptionnel. C'est un simple appartement implanté comme les autres dans la petite ville qu'est Daegu, cette dernière étant située dans le sud de la Corée du Sud. Des murs décorés de manière basique par mon meilleur ami qui vit avec moi depuis l'accident, une cuisine, deux chambres, une salle de bains, un tapis dans l'entrée qui manque de me jeter par terre à chaque fois que je rentre, et des toilettes. Vous voyez, tout ce qu'il y a de plus banal.

Une fois arrivé à destination, je trouve rapidement la poignée qui sort de la porte et m'empresse de la tourner pour rentrer en veillant bien à lever les pieds pour éviter de m'éclater le nez contre le sol à cause de cette affreuse carpette qui campe devant. Mais à mon plus grand étonnement, elle n'y est plus.

Merde.

— Je peux savoir où tu étais ?

Je m'en doutais. Si ce foutu tapis n'est pas à sa place quand je rentre, c'est parce que Namkyu le retire à chaque fois que je sors sans le lui avoir dit, pour me faire comprendre qu'il le sait avant même que l'entièreté de mon corps ne passe la porte.

Foutu meilleur ami.

— J'ai essayé d'aller à Venise, mais mon radeau a coulé.

— Tu te trouves drôle ?

Je soupire en levant les yeux au ciel, avant de complètement rentrer dans l'appartement.

— Un peu ? C'est bon, Namkyu, je vais bien. Trois bras, deux jambes, un torse, un pénis, un nez, une bouche, et pas d'œil. Tu vois, rien n'a changé.

— Tu viens de comparer ta canne à un bras là ?

— Bah, faut bien lui donner un titre méritant, c'est elle qui traîne dans les crottes de chien et qui se sacrifie pour éviter que je marche dedans.

Je hausse les épaules l'air de rien avant de me diriger vers Namkyu une fois débarrassé de ma veste en jean et de mes baskets. Sa voix grave et posée me parvient directement depuis le salon.

— T'as failli mourir combien de fois aujourd'hui, Taesong ?

— Hm, deux. Un cycliste m'a bousculé en me faisant descendre sur la route et juste après une voiture était à deux doigts de m'offrir un billet gratuit pour les Enfers.

Un lourd soupir répond à mes confessions tandis que je pose mon fessier sur les coussins moelleux du sofa, juste à côté de Namkyu.

— Parfois, j'ai l'impression que tu le fais exprès. Je t'ai déjà dit d'y aller avec moi, et même si tu ne veux pas marcher à mes côtés, je peux rester en retrait !

— Oui papa, mais là je n'ai pas envie. C'est bon, lâche-moi avec ça et fais-moi un câlin plutôt.

L'un des soucis quand vous devenez aveugle, c'est qu'il faut sans aucun doute vous attendre à une forte baisse de votre autonomie, ou à sa disparition totale pour certains cas. Mais moi, je n'ai pas envie qu'on me pouponne, ni qu'on me prenne pour un enfant chétif, ni qu'on me suive en permanence. J'ai perdu la vue, oui. Mais je ne suis pas en sucre, je peux très bien me débrouiller tout seul.

— T'es qu'un idiot, Kim Taesong, vraiment.
— Je t'aime aussi.

Sans attendre sa permission, je trouve facilement le chemin de ses bras, et je viens m'y blottir agréablement en laissant ma joue reposer contre son torse chaud. Je ne le lui dirai probablement jamais, mais je suis heureux et soulagé qu'il soit avec moi depuis que cette malédiction m'est tombée dessus. Sa présence me rassure plus que je ne veux l'admettre. Et ça fait du bien.

Lorsque la nuit pointe le bout de son nez à l'extérieur, plongeant le salon dans une noirceur à laquelle je suis déjà habitué, Namkyu me tapote l'épaule pour que je me redresse et que nous allons faire la cuisine ensemble.

— Demain, je vais t'emmener manger chez Mee.

Namkyu, qui remue le riz en train de cuire, vient de soudainement prendre la parole d'un ton direct, signe qu'il ne me laisse pas le choix.

— Mais j'y vais presque tous les jours !
— Rectification, tu y vas de temps en temps et tu prends juste un chocolat chaud à 16h. Tu sais, ça lui ferait plaisir si tu allais y manger, pour de vrai. Déjà que tu ne suis même plus tes cours par correspondance ! Tu passes ton temps à l'appartement à ruminer et à toucher à tout.

Ma planche à découper recouverte de légumes coupés en carré, j'avance vers l'emplacement de Namkyu avec précaution pour verser le tout avec le riz. Je hausse les épaules d'un air désinvolte suite à ses paroles, continuant de faire ce que je fais.

— Je sais ça. Mais les études par correspondance et par voie orale, c'est compliqué à suivre. J'aime l'art, mais soyons réalistes, lui et moi, c'est une histoire d'amour avec un cul-de-sac au bout, tant que j'aurai ces yeux-là.

— Tu dis ça pour plus bosser tes cours là ? On t'a donné l'opportunité de pouvoir étudier ce que tu désirais, alors fonce.

— Mais j'ai plus la même motivation qu'avant, c'est tout. À quoi bon essayer d'apprendre des cours dont je ne pourrai jamais me servir ? Qui voudra d'un aveugle dans son entreprise, sérieux ? Alors oui, je veux faire une pause dans mes « pseudo » études à cause de ça, parce qu'au bout du compte, j'aurai rien à la fin. Je préfère profiter. Et pour Mee, si j'y vais de temps en temps, c'est parce que j'aime bien aller me promener dehors aux alentours de son restaurant, et quand je passe devant, elle m'invite pour le goûter. D'ailleurs, tu sais qu'elle achète du cacao exprès pour mes chocolats ?

— D'accord. De toute façon, ça reste ton choix, je le respecte. Fais comme tu veux. Et oui, je sais, Taesong. Et je sais aussi que Mee a toujours été avec toi depuis ce qu'il t'est arrivé. Elle t'aime, alors fais-moi plaisir et va manger chez elle demain midi.

Être aveugle m'a en quelque sorte éloigné de la société, dans le sens où je me suis renfermé sur moi-même, persuadé que personne ne peut me comprendre. Mes amis – que je peux compter sur le bout des doigts – ainsi que mon père et ma belle-mère, que je ne vois que très rarement comme ils ne vivent pas ici, sont les seuls êtres à qui je témoigne un semblant d'affection. C'est donc tout naturellement que je hoche la tête vers Namkyu pour lui signifier mon accord.

Il m'arrive de penser parfois que je me comporte comme un monstre avec autrui. Je fuis ceux qui m'aiment – sauf Namkyu qui, lui, est beaucoup trop collant, pour mon plus grand bonheur – ou je parle de manière froide et sèche pour qu'on me laisse tranquille. Oui, je suis terriblement insociable, c'est vrai, mais à quoi bon faire un effort envers les autres alors qu'ils vous traitent comme si vous étiez sans arrêt atteint de la peste ?

C'est ce que je pense du monde. Tous des enfoirés et des abrutis qui ne se soucient que de leur minuscule nombril du moment qu'il ne leur arrive rien. Du moment que rien ne vient chambouler leur petite vie tranquille.

Mais ça, c'était avant lui.

Avant Jang Jongguk.

2
Child

Je sais que Mee m'observe depuis que j'ai posé mes fesses sur mon siège attitré, il y a de cela une bonne trentaine de minutes. Ça aurait pu me gêner, mais je m'y suis habitué avec le temps. Elle veut savoir sans aucun doute si ses nouilles sont réussies, et j'ai d'ailleurs clairement manqué d'avoir un orgasme gustatif en prenant la première bouchée qui explose délicieusement contre mon palais.

C'est tout simplement de la bombe. Comme toujours.

— Mee, ch'est chuste déchichieux !

— Ne parle pas la bouche pleine !

Je sens la main de la gérante du petit commerce frapper mes doigts de manière amicale, puis elle repart joyeusement en fredonnant vers les cuisines pour aller servir ses autres clients. Je suis arrivé aux alentours de midi pour être là assez tôt sous les ordres de Namkyu, qui m'a limite foutu par terre pour que je me lève de mon lit. J'entends sans aucun mal, et même de manière plus amplifiée grâce à ma cécité, le brouhaha alentour. Je comprends désormais la vitalité de venir ici à 16 heures, c'est abominable tous ces gens qui bavassent et qui crient même, pour la plupart. Ils ne peuvent donc pas baisser d'un ton ?

— Comment tu fais pour manger ?

Une petite voix fluette empreinte d'une pointe d'innocence me parvient soudainement depuis ma droite, et je l'associe aussitôt à celle d'une enfant. Lentement, mon corps pivote vers elle, curieux. Les enfants sont souvent les seuls à me poser des questions et à me traiter comme la personne que je devrais être, c'est-à-dire banale.

— Je...

— Bah avec une fourchette !

Une petite voix un peu plus grave s'ajoute à la première, et je note sans aucun mal que c'est celle d'un petit garçon, qui répond à ma place. Je me mets alors à esquisser un petit sourire empli d'amusement.

— Il a raison, je mange comme toi, comme lui. Avec des couverts, et j'y arrive très bien. Mais parfois, ça m'arrive d'utiliser un peu de magie et de changer les brocolis en chocolat !

Suite à ça, ils poussent tous les deux des cris aigus de joie et de surprise, pour mon plus grand bonheur. J'adore les enfants et leur amour pour tout ce qui est imaginaire. Qui n'a jamais rêvé que Peter Pan vienne le chercher un soir à sa fenêtre pour le conduire en volant à travers les astres au Pays imaginaire ? D'ailleurs, moi, j'y crois encore. Plongé dans mes pensées, la voix des parents des enfants me ramène à la réalité quand elle les appelle d'un peu plus loin, les deux bambins finissant par partir.

Je souris toujours autant, content de constater qu'ils ne sont pas effrayés de venir me parler, contrairement aux adultes en général. Pour ces derniers, c'est surtout le fait d'être gênés en ma présence qui les faisaient m'éviter – pour mon plus grand bonheur également, si vous voulez mon avis.

— Tiens, je croyais que les aveugles étaient tous moches. Mais toi, t'es plutôt passable.

Lorsque je suis à deux doigts de me lever pour aller remercier Mee pour le repas une fois mon bol de nouilles avalé, une voix moqueuse m'interpelle. Elle est accompagnée d'une odeur de blouson en cuir neuf, mélangée à un parfum entêtant de fraises fraîches comme on en trouve dans les marchés printaniers. Presque aussitôt après l'interpellation de l'inconnu que je qualifie de jeune homme, au vu des intonations douces de sa voix, je sens quelqu'un prendre place sur la chaise face à moi. Pourquoi est-ce qu'il se permet de s'installer ici ? J'ai l'air de vouloir engager la conversation avec un mec qui se fout de moi ?

— C'est bien. Tu es fier de toi, maintenant ? Tu vas pouvoir aller dire à papa et maman que tu as volé son goûter à un aveugle ? Seigneur. Tu as sans aucun doute un cerveau peu subtil qui t'empêche d'avoir un bon comportement.

J'ai répondu d'une voix sèche et froide, ne voulant pas m'attarder sur ce crétin, c'est toujours un de plus parmi la vague d'humains qui en font partie. Et je ne veux pas lui prêter une quelconque attention non plus, ça lui ferait bien trop plaisir. Voilà pourquoi je commence à me lever en l'ignorant, quand sa main face à moi attrape mon poignet de manière douce mais ferme, pour m'empêcher de partir.

— Mec, tu m'as même pas laissé finir. J'allais rajouter : « C'est ce que j'aurais dit si j'étais un connard. »

— Tu te crois sur Twitter ?

— Que... Mais non !

Il rit, ce qui me fait lentement me rasseoir. Il est beau, son rire. Clair, cristallin. Comme ceux des enfants. Cela attise simplement ma curiosité.

— Non, excuse-moi, je ne veux pas te vexer, c'est mon meilleur pote qui se marre plus loin qui m'a donné ce gage. J'ai perdu à pierre-feuille-ciseaux.

— Je vois.

Non, je ne vois pas, mais bon, vous avez compris le sens de mes paroles. Et d'ailleurs, même sans voir, il m'est désormais possible d'entendre très clairement le meilleur ami de cet inconnu se marrer si fort dans un coin plus reculé de la salle que je me demande comment j'ai fait pour ne pas le remarquer avant.

— Et il trouve ça cool comme gage ?

— Ouais. C'est un peu déplacé.

— Un peu ?

— Ça va, détends-toi. Il ne t'a pas frappé non plus, pas la peine d'en faire toute une histoire.

— Encore heureux, comme si j'avais que ça à faire. Dédommage-moi.

— Pardon ? Je ne te dois rien, je me suis excusé.

Il se met à rire faussement, comme si je venais de lui faire la blague du siècle. Mais je ne pense pas avoir une tête de clown.

— C'est pas suffisant pour racheter ton comportement de crétin.

Je crois l'entendre glousser à nouveau, mais je ne saisis pas bien ce qu'il y a de drôle. Pour moi, c'est évident qu'il ne va pas s'en tirer comme ça. Qu'est-ce qu'il croit ?

— Mec, sérieux, t'es incroyable, je…

— Oui, je sais que je suis incroyable. Tu peux m'acheter une glace si tu veux pour te faire pardonner. Les Ben & Jerry's plus particulièrement, ce sont mes préférées.

— Ce sont les plus chères !

— Mon palais a des goûts de luxe, t'as un problème avec ça ? Non ? Bien.

Je joue des sourcils dans sa direction pour appuyer mes propos, avant d'entendre un immense soupir sortir d'entre ses lèvres, signe qu'il est vaincu.

— La prochaine fois, tu y réfléchiras à deux fois avant de venir emmerder un gars en situation de handicap, ai-je conclu d'une voix triomphante.

Il met un petit temps pour répondre, comme s'il ravalait lentement sa défaite.

— Tu sais quoi ? Va pour la glace. T'es mon aveugle préféré désormais, j'aime ton sens de la répartie.

Fièrement, je me mets à sourire en comprenant que j'ai gagné, avant de tendre la main vers ma canne blanche posée en appui contre le mur en bois vernis du restaurant.

— Ravi d'entendre que je te plais. Maintenant, tu m'excuses, mais avant que tu viennes me gêner par ta présence, j'allais partir.

Je me saisis de Blanche entre mes doigts – ma canne – pour partir, maintenant que tout est clair entre lui et moi. Mais il ne semble pas de cet avis.

— Eh, attends, comment tu veux que je te paie une glace si tu te barres ? D'autant plus que je ne connais même pas ton prénom.

D'un haussement d'épaules, je lui fais comprendre que ce n'est pas un problème.

— Je vais te donner mon numéro.

Aisément, je peux deviner le pli d'incompréhension qui barre son front ou encore son froncement de sourcils accompagné de ses lèvres pincées, dans l'attente de comprendre ce que je veux dire par là.

Sur le moment, je ne dis rien de plus. Je me contente de le laisser sur sa chaise en bois couleur châtaigne et m'observer marcher vers la porte du restaurant, sans pouvoir rien faire de plus que me regarder. Quand je l'atteins, une main sur la poignée dans le même style vintage que le reste du restaurant, je perçois les crissements des pieds de sa chaise racler le sol, montrant qu'il s'est redressé et qu'il est à deux doigts de me parler. Mais comme je l'ai prévu, c'est moi qui le devance, un large sourire aux lèvres faisant se redresser mes pommettes rondelettes sous mes yeux.

— J'espère que t'as une bonne mémoire, ai-je crié dans sa direction en ignorant les regards aigres des autres clients qui se posaient un à un sur ma silhouette.

Le jeune homme doit sans aucun doute être perdu, tout comme vous, mais plus pour très longtemps.

J'ouvre de quelques centimètres la porte à mes côtés, et le vent qui passe par la petite brèche que j'ai créée fait se soulever de façon fluide et douce mes boucles foncées de mon front. Ça me donne un air enfantin, et je le sais pour m'être vu, quand je le pouvais encore, dans le reflet de la voiture grise écaillée de mes parents. Et j'aime ça.

Pendant quelques secondes, je me force à ignorer cette sensation, pour me concentrer uniquement sur mon inconnu, toujours près de la table. Je sais qu'il n'a pas bougé. J'ai fait exprès de laisser durer cette part de mystère entre nous parce que ça me plaît, et je sais qu'il est bien trop curieux de ce que je vais faire pour venir vers moi et me tirer les vers du nez.

C'est donc avec un sourire qui dévoile mes dents blanches que je prends une légère inspiration avant de lui crier mon numéro de téléphone à travers la salle. Une fois, puis deux, histoire qu'il retienne bien, avant qu'il ne puisse se munir d'un stylo et d'un papier pour le retranscrire dessus.

Une bribe de son rire amusé parvient jusqu'à mes oreilles quand j'ai fini mon petit manège, avant que je ne quitte le restaurant. Mais avant, j'envoie rapidement un baiser volant à Mee vers le fond de la salle pour la remercier du repas qu'elle m'a préparé et offert.

Ce furent les meilleures nouilles de ma vie, et sans aucun doute ma meilleure sortie depuis un moment.

***

— Non mais je vous dis qu'il est amoureux, moi. Regardez son air heureux.

Je roule des yeux et attrape le coussin du canapé à mes côtés pour le balancer sur Wei face à moi.

— Je ne suis pas amoureux, j'ai passé une bonne journée, c'est tout !

Je laisse paraître que je maudis Namkyu de tout mon être pour avoir invité ces deux-là pendant que je me suis absenté, mais en réalité, je le remercie en mon for intérieur de nous avoir rassemblés. C'est juste que je ne suis pas trop du genre démonstratif concernant mes émotions. C'est donc ainsi que nous nous retrouvons tous les quatre dans le modeste salon de notre appartement, Namkyu, Wei, Jaemin et moi.

Ces deux derniers sont d'ailleurs particulièrement pénibles quand ils s'y mettent – surtout entre eux – mais je ne les en aime que plus encore.

— Il est en train de nous insulter mentalement. Regarde la grosse ride qui apparaît sur son front là. Ça veut dire qu'il est énervé dans sa tête, mais pas trop en réalité.

— Tu vas la fermer, Jaemin ?

Je lève à moitié les yeux au ciel en répondant, ce qui ne fait que tirer davantage des éclats de rire d'entre leurs lèvres.

— Les écoutes pas, si tu es amoureux, tu peux me le dire. Ça restera entre nous.

Wei, qui s'est installée juste à mes côtés il y a quelques secondes, vient me pincer les joues avec douceur. Je finis donc par sourire sous ses gestes, laissant ses longs cheveux – qu'elle a expliqué s'être teints en bleu foncé récemment – frôler mes avant-bras nus.

— Non mais pour l'amour du ciel, je ne suis pas amoureux ! Vous ne savez pas à quel point ça fait du bien quand un gars que vous ne connaissez pas vous considère comme une personne normale ?

Je n'ai pas besoin de me justifier, c'est vrai. Mais je n'ai pas envie qu'on me dise que je suis amoureux de tout ce qui peut potentiellement me rendre heureux.

— Aah, mais je ne vous ai pas fait venir pour que vous l'énerviez ! Après, c'est moi qui le supporte, je vous ferai dire, soyez sages.

Namkyu râle depuis la cuisine d'où il s'évertue à nous faire un bon repas depuis quelques minutes, avant que Jaemin n'explose de rire depuis le bout du sol où il est installé.

— Namkyu, tu es pire que lui. Tu te souviens de l'année dernière quand on a installé la machine française, avec le fromage et tout ?

— Oh, moi je m'en souviens !

Je me mets à rire moi aussi ainsi que Wei, quand nous nous rappelons cet instant mémorable.

— Park Jaemin, ferme-la !

Namkyu recommence à râler, mais cette fois-ci, je perçois de l'amusement dans sa voix. Je le connais par cœur, et je devine qu'il s'est mis à pointer Jaemin avec sa cuillère en bois qui lui sert pour remuer la soupe miso qu'il prépare.

— Je ne veux pas t'entendre raconter une énième fois cette histoire, je te préviens !

— C'est tellement drôle ! Vas-y, Jaem, encore une fois !

Wei l'encourage d'une voix rieuse, et voyant presque le grand sourire qu'elle a quand elle est excitée, je me mets à sourire automatiquement à mon tour.

Ces histoires, ce sont les nôtres. Ce sont nos éclats de rire, nos pleurs, nos joies, nos petits bonheurs. Je suis beaucoup plus heureux que nostalgique quand on se les raconte de temps en temps autour d'une grosse casserole de ramens. Ça nous arrive assez régulièrement d'ailleurs, et rien que ça suffit à me faire sourire.

Plus j'y pense et plus je me dis que je suis bien plus que chanceux d'être entouré d'amis qui prennent autant soin de moi qu'eux. Jamais ils n'ont baissé les bras. Jamais ils ne m'ont laissé tomber, malgré tout ce qui m'est arrivé. Et en réalité, ce qui est plus fort que tout le reste, plus fort que l'espoir, c'est l'amour, et toutes les émotions intenses qui tournent autour de ce simple mot.

— … Et moi, je pensais qu'il le savait ! Mais pas du tout, et quand je me suis penché au-dessus de la machine, le fromage avait tellement fondu qu'il était en train de cramer. Y avait des croûtes immondes en plein milieu ! Je croyais qu'il était moisi, mais pas du tout ! C'est Namkyu qui le faisait cuire depuis trois quarts d'heure.

Wei rigole si fort qu'elle tombe en avant sur mes cuisses, tandis que j'entends Jaemin taper contre le sol tellement il rit après avoir fini de parler.

— Mais il fallait me le dire que la machine chauffait hyper vite !

— Mec, dans tous les cas, on met le fromage quand tout le monde est à table ! Et puis ton fromage, il était devenu tellement noir qu'on aurait dit du béton ! Quand Wei a mis sa viande dedans pour tester, j'ai cru qu'il allait la carboniser !

Et voilà que nous étions repartis de plus belle, repensant à ce pauvre fromage calciné. On rit tous ensemble tellement fort en se remémorant cette fois où, au chalet, le plus âgé de nous tous avait tenté de faire de la fondue pour la première fois, et je cite : « tel un chef cuistot étoilé ». En soi, ce n'est même pas drôle comme histoire, mais ce qui nous fait mourir de rire, c'est la tête que Namkyu a tirée quand il a d'abord senti l'odeur du cramé se répandre partout dans la pièce, puis qu'il s'est rendu compte de ce que c'était.

— Quoi qu'il en soit, tente de reprendre le plus vieux qui est venu rire à mes côtés, comptez plus sur moi pour vous faire de nouveaux plats ! À chaque fois, ça finit mal !

— Tu devrais démarrer une chaîne YouTube, pouffe Wei en tentant de se calmer à son tour.

— Et y parler des tacos aussi, dis-je d'un air moqueur.

Nous sommes repartis dans notre fou rire en nous souvenant de cette histoire aussi, les dents à l'air et la tête rejetée en arrière pour laisser sortir d'entre nos lèvres toute la joie intense qui gorgeait les souvenirs qu'on s'est construits ensemble.

À l'extérieur, le soleil fatigué part se coucher, venant baigner le salon de l'appartement de sa douce et pâle lueur orangée, mélangée à des grains pourpres et rosés. C'est une merveilleuse symphonie paisible et silencieuse qui se déroule par-delà la fenêtre et le paysage éphémère du monde alentour.

Je sens les derniers rayons chauds de la journée tomber sur ma joue, et je la caresse doucement, tout en tournant légèrement mes yeux désormais éteints vers cette vitre, cette issue que je connais par cœur. Ça vous semble banal un coucher de soleil, pas vrai ? Et vous avez raison, parce que ça l'est. Mais moi, cette banalité, je l'aimais. J'aimais l'observer pendant de longues minutes interminables, à une époque.

Et maintenant, ce simple moment qui m'a apporté un certain réconfort, je ne peux plus le discerner. Simplement le deviner et le peindre derrière mes paupières, tel que je l'imagine.

3
Park Jaemin

Flashback
5 février 2019
Nouvel An chinois

Le soir où j'ai rencontré Park Jaemin, il m'a vomi dessus.

C'est peu commun, je vous l'accorde, mais c'est ce qu'il s'est passé. Et oui, j'ai cru que j'allais le tuer. Mais bien avant que je vous raconte cet incident, laissez-moi poser les bases de cette rencontre.

La rumeur qui circulait sur les réseaux sociaux en ces temps froids du début de l'hiver de l'an 2019 était celle qu'une grosse boîte de nuit populaire venait d'ouvrir ses portes dans la ville de Gimhae, tout près de Busan. Tous les jeunes des alentours y seraient, et avec Namkyu, nous avions prévu de nous y rendre bien que nous n'habitions absolument pas à côté de l'endroit où ça se déroulait. Je ne l'ai pas précisé, mais à cette époque, j'y voyais encore.

C'est donc patiemment que je l'attendais ce soir-là, à l'arrêt de bus qui nous mènerait à la fameuse soirée. Les mains dans les poches de ma grosse doudoune hivernale, le nez dans mon énorme écharpe aux couleurs de l'arc-en-ciel tricoté par ma grand-mère, et la tête à moitié planquée sous un bonnet en laine accompagné de son pompon touffu. Je me gelais le cul, littéralement. L'air du mois de février était glacial, et il était accompagné de son vent tout aussi froid et agité, ainsi que d'une centaine de petits flocons de neige qui virevoltaient autour de ma frêle silhouette tremblante. La brise faisait remuer les pins et les arbres qui remplissaient le paysage au loin juste sous mes yeux, que j'apercevais grâce à la faible lueur dorée des lampadaires qui éclairaient la route de gravier aux alentours.

J'avais beaucoup de mal à empêcher mes dents de claquer entre elles, et je priais de toutes mes forces pour que le bus fasse une embardée au coin de la rue et débarque rapidement en face de moi pour venir me sauver de ce temps pourri.

Ça faisait plus d'une bonne demi-heure que j'attendais, perdant au passage l'usage de mes pieds, quand mon téléphone vibra dans la poche de ma doudoune kaki. J'avais les doigts si raides que je pensai ne jamais arriver à le sortir de ma poche, ni d'ailleurs répondre au message de mon interlocuteur.

C'était Namkyu.

« **Kyu** : *Désolé, tu vas devoir y aller solo. Soit j'ai mangé un truc mauvais hier soir, soit j'ai la gastro, mais dans les deux cas, je ne peux pas bouger. Je suis cloué un coup au lit et un coup aux toilettes.* »

« **Taesong** : *Attends, quoi ? Sérieux, mec ? Mais je n'ai pas envie d'y aller tout seul, je rentre te voir ! T'as besoin d'un médicament ?* »

« **Kyu** : *Tu veux que je t'envoie la photo des toilettes pour preuve ? Non ne viens pas, j'ai tout ce qu'il me faut. Donc tu vas gentiment aller profiter là-bas et te faire des amis :)* »

« **Taesong** : *J'ai déjà un tas d'amis !* »

Je fis la moue en lisant son message, un brin vexé même si je savais qu'il avait raison. Mais je ne voulais pas l'avouer.

« **Kyu** : *C'est faux, tu n'as que moi. Et même si je suis le meilleur, tu dois rencontrer d'autres gens, espèce d'insociable. Oh et puis de toute façon, on a déjà réglé l'hôtel à Busan, tu ne peux pas foutre notre argent en l'air comme ça. Ils ne peuvent pas nous rembourser, c'est trop tard, le délai est passé ! Donc vas-y et profite !* »

« **Taesong** : *Tu parles trop et tu fais chier.* »

« **Kyu** : *Je t'assure que je chie très bien actuellement, d'ailleurs si tu veux un coup de pouce, je peux te filer des techniques !* »

Je ris devant nos messages, avant de ranger mon cellulaire dans la poche de mon jean en apercevant la carrosserie brillante du bus arriver enfin au bout de la rue. Honnêtement, je ne savais pas comment j'allais me débrouiller là-bas, dans cette ville que je ne connaissais que très peu, et je n'arrêtais pas d'y penser. Je grimpai dans le bus branlant et pris un ticket au chauffeur, tout en essayant de me rassurer en me disant qu'avec Namkyu, nous étions déjà allés à Busan pour prendre des photos et nous promener loin de notre petite ville le temps de quelques heures. C'était peu, mais c'était déjà ça.

L'esprit embrumé à force de réfléchir à ce que j'allais faire en arrivant là-bas, pour tenter de visualiser ce qui m'attendait, je laissai ma tempe s'appuyer contre la vitre froide du véhicule tremblant. Je fermai ensuite les yeux pour me reposer et laisser mes pensées vagabonder vers ce qui m'attendait ce soir-là.

***

Verre de Coca frais à la main, j'étais avachi comme un minable à l'une des tables sombres de la boîte de nuit, qui avait d'ailleurs pour nom le *HotClub*. Très explicite. L'air était chargé d'odeur de sueur lourde et de chaleur insoutenable, et je n'arrêtais pas de me maudire d'être venu ici tout seul. Les gens alentour qui se mouvaient avec grâce et frénésie sur la piste de danse me paraissaient surhumains. Ils ne ressentaient pas cette chaleur étouffante ? Cette odeur immonde de transpiration mêlée à celle de l'alcool environnant ?

Ou peut-être que c'était moi le type bizarre de l'histoire. Je trouvais les lumières multicolores plantées au plafond trop vibrantes à cause de la musique puissante. Celle qui revenait le plus souvent d'ailleurs était le violet très sombre et le bleu foncé, qui plongeaient la boîte dans des tons à la fois sensuels, envoûtants et sexy. Ça, pour le coup, ça me plaisait. J'aimais l'ambiance que ça donnait à cet endroit. Le fait que ça pousse les gens à se rapprocher les uns des autres et à se mettre en confiance en se sentant comme dans une bulle d'intimité. La décomposition des mouvements suite à l'air et aux néons sur les danseurs en agitation, ça aussi, ça me fascinait. Je me surpris à penser que ce serait génial de capturer cette image à travers un appareil photo.

Oui, c'est vrai. Maintenant que j'y pensais avec plus d'ardeur, c'était sûrement moi l'intrus ici. Je n'y avais pas ma place. Mais je savais, tout comme Namkyu, que sortir me faisait du bien. Me sentir entouré et appartenir à ce genre de sphère humaine, ça ne pouvait que m'apporter une autre expérience de la vie.

Les doigts moites à mesure que la soirée passait, la chaleur se faisant de plus en plus insupportable, je finis par desserrer la cravate sombre qui pendait autour de ma nuque en poussant un lourd soupir. En arrivant à Busan quelques heures avant, j'avais réussi à trouver l'hôtel qu'on avait réservé avec Namkyu, grâce à notre très cher ami Google Maps. J'y avais posé mes sacs et je m'y étais changé, troquant mon pull en laine et mon jean contre une chemise blanche immaculée toute simple, une cravate et un jean sombre assez moulant. J'avais envie de faire classe, mais pas trop non plus, histoire de passer inaperçu parmi cette masse de gens.

Et c'est ainsi qu'à ce moment-là, j'enviai outrageusement un gars qui dansait torse nu sur la piste à quelques mètres de mes pupilles, comme s'il était insensible à la chaleur. Mais sérieusement, qui se met à moitié à poil dans une boîte de nuit ? Je lâchai un faible rire face à ma pensée, avant de me rendre compte que j'avais la réponse sous les yeux.

Un mec bourré.

De manière curieuse, je continuai de le fixer au loin en voyant sans aucun mal la passion et la bestialité qui animaient et qui faisaient vivre tous ses gestes. C'était un pro, il n'y avait pas à dire. Sa démarche, ses mouvements, sa félinité, ses yeux, son sourire large et doux, sa langue passant sur ses lèvres d'un geste insolent et aguicheur. Tout ça témoignait bien du fait qu'il le faisait exprès. Et ça fonctionnait.

« **Taesong** : *Namkyu, y a un mec devant moi qui blblbl* »

« **Kyu** : *Oh ? Cette soirée va-t-elle déviager notre petit Taesong ? :)* »

« **Taesong** : *NON. Je ne vais pas l'approcher. Il est hot mais il a l'air ultra hautain quand même. Tu verrais ses mains qui passent de manière outrageuse sur son…* »

« **Kyu** : *Sur sssssoooooonnnnnn ? Vas-y accouche là ! On dirait une série !* »

« **Taesong** : *Non mais rien, je te laisse faire caca en paix.* »

« **Kyu** : *KIM TAESONG* »
« **Kyu** : *JE VEUX SAVOIR* »
« **Kyu** : *SI JE TE TROUVE* »
« **Kyu** : *ENFOIRÉ* »

Souriant après avoir embêté Namkyu, j'observai les gens qui petit à petit se rassemblaient autour du garçon pour l'observer se mouvoir avec une complexité proche de la perfection. Ils poussaient des cris affolés et enjoués quand ses mains veinées passaient sur son torse nu, pâle, brillant de sueur sous les néons, musclé, et joliment bien marqué. C'en était rageant pour les autres personnes de la piste qui finirent par arrêter leur petite danse pour observer ce blondinet qui offrait son âme à la musique.

Un sourire sur les lèvres, ne pouvant qu'être impressionné par la passion vibrante qui le faisait vivre sous les feux des projecteurs, je le regardai s'éloigner de la piste quand il eut fini son petit show. Il s'inclina poliment devant les personnes qui l'applaudissaient, et même la lumière sensuelle de la boîte ne pouvait cacher les petites rougeurs présentes sur le haut de ses joues pouponnes. Il avait l'air modeste et non hautain comme je le pensais, tentant des petits sourires timides vers ceux qui le félicitaient et secouant frénétiquement la tête comme pour dire que ce n'était rien en ne cessant de se courber en avant.

D'un geste, je vins finir mon Coca en détournant mon regard de ce jeune homme qui, après s'être rhabillé, fila vers le bar dans le but de se désaltérer, après avoir dépensé autant d'énergie. Je n'arrêtais pas de me demander si moi aussi, un jour, je pourrais attirer l'œil d'autant de gens grâce à ma propre passion.

Autant s'avouer dès le début que ce serait très difficile, et que ce ne serait sûrement pas les mêmes regards envoûtants qui se poseraient sur mes toiles colorées que ceux qui s'étaient posés sur ce garçon. Mais c'était quelque chose que je désirais aussi, qu'on prenne en considération mon travail.

J'étais un grand passionné d'art et tout ce qui touchait à la photographie. C'est pour ça que la danse du blond m'avait absorbé. Il avait été incroyable. C'était ça, de l'art à l'état pur. Il en était issu et savait la manier avec tellement de dextérité que c'en était époustouflant.

Je sortis finalement de mes pensées, et finis par me redresser dans le but de quitter cet endroit. Ça faisait plus d'une bonne heure que j'y étais et je n'avais fait que fuir le monde alentour. Namkyu avait eu tort pour une fois, je ne m'étais pas fait d'amis et je n'en aurais probablement pas d'autres. Namkyu et moi nous connaissions depuis si longtemps qu'il avait appris à supporter mon caractère et mes excès d'humeur, et vice-versa. Il savait à quel point je n'accordais pas facilement ma confiance aux gens. Mais je n'étais pas insociable pour autant. J'étais méfiant. Et peu de gens savent faire la différence.

Quoi qu'il en soit, me voilà debout, déambulant dans la boîte emplie d'une musique criarde en quête de la sortie, les mains moites serrant mon verre que je comptais ramener au bar par politesse juste avant de filer. Les lumières tourbillonnaient toujours au-dessus de ma tête, et bien qu'un petit moment soit passé depuis que le blond, avec sa prestation envoûtante, avait vidé la moitié de la piste, les gens y étaient retournés pour danser avec folie.

— Merci beaucoup.

Une fois au bar, je saluai le barman en lui rendant mon verre vide. Ce dernier me lança d'ailleurs un drôle de regard, étant sans aucun doute peu habitué à ce que les gens les ramènent. D'un geste de remerciement, il hocha la tête et m'adressa un léger sourire avant de retourner à ses boissons. Quant à moi, je ne perdis pas un instant pour tourner les talons après ça, bien décidé à quitter cet endroit étouffant pour aller prendre une bonne douche chaude et me glisser ensuite dans mon lit à l'hôtel, qui n'attendait plus que moi.

Oh, mais ça, c'était sans compter sur ce fameux blondinet.

À peine ai-je eu le temps ne serait-ce que de pivoter vers l'endroit où se trouvaient les portes battantes de la sortie que je sentis se déverser sur mes habits une vague de chaleur humide. Son odeur immonde me frappa aussitôt de plein fouet. Mon premier réflexe fut de lever les mains en l'air en me reculant comme pour me protéger de quelque chose, mais ce geste – comme vous le constaterez – arriva trop tard. Ma tête, que j'avais rentrée dans mes épaules crispées, venait de faire apparaître un triple menton sous mon menton original, laissant un air de dégoût se peindre sur les traits de mon faciès.

— Merde ! C'est dégueulasse !

Je me mis à hurler en jaugeant d'un œil noir mes habits couverts de cette flaque de vomi nauséabonde. Puis je relevai mes yeux emplis de colère vers celui qui venait de clairement me dégobiller dessus sans aucune gêne. Je ne prêtai pas attention aux gens alentour qui riaient pour se foutre de moi ou qui poussaient au contraire des cris outrés. Il n'y avait que sa touffe blonde qui comptait. Je n'eus d'ailleurs nul besoin de me concentrer pour me souvenir de lui. Une musculature telle que la sienne présente sous son pull et des cheveux blond doré frôlant le blanc, il n'y en avait pas dix mille dans la salle.

— Attends, je vais...

Sans lui laisser le plaisir de terminer sa phrase, je saisis brusquement le col de son haut pour le forcer à reculer brusquement contre un des poteaux de la pièce qui servaient de décoration majestueuse à la boîte.

— Je suis désolé, je suis désolé !

Il couinait presque entre mes doigts, sa tête partant légèrement vers l'arrière. Ses lèvres pulpeuses me suppliaient de l'écouter, ses yeux rouges roulaient presque dans ses orbites et ses petites mains transpirantes vinrent se poser sur la mienne qui maintenait son crâne contre la surface dure.

Vous savez, ce n'est pas difficile de reconnaître quand quelqu'un est bourré. Voix pâteuse, démarche branlante, rire ou pleurs incessants. Mais quand une personne est défoncée, c'est un peu plus compliqué que ça. Disons qu'il faut savoir reconnaître les signes apparents qui sont les plus fréquents. Et je peux parier n'importe quoi que ce garçon avait pris de l'ecstasy, ça ne faisait aucun doute.

Néanmoins, j'ai beau me méfier de l'être humain, je ne suis pas un enfoiré. Ce soir-là, alors que les gens commençaient petit à petit à s'éloigner du remue-ménage qu'on avait causé pour continuer leur petite soirée, j'aurais pu tendre la main vers mon téléphone et appeler la police. Ça lui aurait servi de leçon, mais je ne le fis pas. Vous savez pourquoi ? Parce qu'il s'était mis à pleurer.

Il pleurait si brusquement en l'espace de quelques secondes, de manière silencieuse et à la fois tellement violente, que c'en était très impressionnant.

Je finis donc par le lâcher, n'étant pas un adepte de la violence de toute façon. Et j'avais mal au cœur de le voir dans cet état-là. Ses joues étaient désormais trempées, et les perles rondes qui dégoulinaient le long de son faciès reflétaient les couleurs de l'arc-en-ciel grâce aux néons au-dessus de nos têtes. Et même si je ne l'entendais pas hoqueter avec la musique déchaînée autour de nous, je percevais sa bouche qui s'entrouvrait à la recherche d'un brin d'oxygène à offrir à ses poumons.

Le voir comme ça, roulé en boule sur le sol sale de la boîte, ses petits bras qui entouraient ses genoux et ricochaient l'un contre l'autre tant il tremblait, ses lèvres entrouvertes qui essayaient de hurler quelque chose que je ne pouvais entendre, c'était une vision déchirante.

— Ok, lève-toi. Je vais t'emmener dehors. Appuie-toi sur moi.

Je ne pouvais pas le laisser ici, baignant dans ses larmes salées, et presque entièrement en transe. Un bras sous ses épaules, je le hissai du sol comme je le pus, marchant ensuite d'un pas claudiquant vers la sortie en constatant qu'il s'appuyait entièrement sur moi.

L'air frais de la nuit nous saisit de plein fouet quand nous mîmes un pied dehors, et je me maudis de n'être sorti qu'avec un simple manteau en jean pour qu'il soit assorti à ma tenue, d'autant plus que ma chemise mouillée ne m'aidait pas à me réchauffer.

Je jetai un coup d'œil rapide au paysage sombre alentour, et j'aperçus finalement un petit muret un peu plus loin, près de la route, pour y conduire le blondinet. C'était juste histoire qu'il puisse évacuer tranquillement, sans être emmerdé par qui que ce soit venant de la boîte. Nous étions éclairés par la façade lumineuse de cette dernière, d'ailleurs. Elle était si brillante qu'elle faisait étinceler le paysage alentour à au moins quinze mètres.

D'un geste lent et délicat, j'aidai le jeune homme à s'asseoir sur le petit mur qu'on avait atteint, les enseignes luminescentes du bâtiment faisant varier les jeux d'ombres présents sur son faciès. Je n'osai rien dire et le laissai s'installer en silence en tailleur sur les pierres hautes où nous nous étions réfugiés. Son visage était neutre, son regard fuyant vers le paysage lointain qu'on ne voyait plus.

— Jolis abdos, en tout cas.

Je ne savais pas vraiment quoi dire, et je ne voulais pas le lancer sur un sujet sensible. Mais visiblement, ça l'amusait un peu, parce qu'il esquissa un fin sourire en passant ses doigts sous ses yeux pour se débarrasser des dernières larmes qui y étaient restées accrochées.

— Merci.

Il regarda encore un moment le paysage lointain éclairé par des lampadaires dorés, qui ne faisaient qu'attirer plus de moustiques qu'autre chose. Mais c'était joli, on aurait dit que la route était parcourue d'étoiles.

— Désolé de t'avoir vomi dessus.

— Je ne savais pas que c'est le genre de choses qui arrive en boîte. Je vais le noter pour une prochaine fois.

— Généralement, les gens savent se tenir, en fait.

Je finis par lâcher un petit rire en rejetant la tête vers le ciel dégagé à des milliers de mètres au-dessus de nous. L'air fit se soulever nos mèches, donnant au blond face à moi un air angélique, presque irréel. Je mis mes jambes de part et d'autre du muret et les balançai dans le vide au gré du vent qui caressait ma peau.

— Qu'est-ce qu'il t'est arrivé pour que tu enfreignes la règle, alors ?

— Un gars a foutu de l'ecstasy dans mon verre. Mon corps ne supporte pas, comme tu as pu le voir. Je réagis très mal, et j'ai des images horrifiques en tête.

Je lui lançai un regard suspicieux, et il finit par rire en me voyant faire.

— Je te jure que c'est vrai. Je ne prends pas ce genre de choses de mon plein gré.

— Ça va, je te crois. Mais n'empêche, tu me dois un nouveau haut.

Tandis que la lune posait sur nous son regard doux et argenté au fur et à mesure que la nuit s'estompait, j'appris à connaître ce blondinet qui répondait au nom de Park Jaemin. Il venait de Busan et étudiait la danse contemporaine. Il souhaitait entrer dans la plus grande école de danse de Séoul, et pour cela, il se donnait à fond depuis des années afin de frôler son rêve du bout des doigts.

— 5, 4, 3, 2, 1… Bonne année !

On rit en entendant les gens à l'intérieur de la boîte célébrer la nouvelle année chinoise sous les sonorités de la musique devenue plus puissante, puis on regarda simplement le ciel en continuant de discuter dans notre bulle, sous les étoiles. Cela dura une bonne partie de la nuit, jusqu'à ce qu'on se décide à rentrer. Il vint dormir à l'hôtel avec moi pour éviter de rentrer de nuit dans son état à cause de l'ecstasy, prenant la place de Namkyu. On avait tellement échangé en si peu de temps que j'avais l'impression qu'on se connaissait depuis toujours.

Et c'est ce soir-là, d'ailleurs, que j'ai su que Namkyu n'était plus mon seul ami.

J'ai su que j'avais quelqu'un d'autre à protéger. Quelqu'un d'autre à aimer.

4
Jaune Cou

— John Jaune Cou.

Jaemin éclate de rire si fort à mes côtés, en laissant son corps remuer contre le mien, que j'ai cru qu'il allait me briser les tympans.

— Jaemin, tais-toi ! Je ne veux pas que Wei débarque pour nous tuer !

Je peux bien l'engueuler, mais je suis en train de m'esclaffer aussi fort que lui. Mon ventre me fait délicieusement mal, mes joues me tirent tant je souris, et les cheveux de Jaemin frôlent mon cou quand sa tête bouge sous ses éclats de rire.

On est au lendemain du fameux jour où j'ai crié mon numéro de téléphone à un parfait inconnu à travers le restaurant de Mee. On s'est réveillés avec Jaemin depuis une bonne vingtaine de minutes maintenant, dans ma chambre où on a passé la nuit. Et c'est avec une certaine surprise que je constate à mon réveil que mon inconnu m'a envoyé un message. J'en fais profiter Jaemin qui est de toute manière tant collé à moi que c'est impossible de faire autrement.

Concernant mon téléphone, étant donné que je n'y voyais rien, Namkyu avait réussi à le trafiquer pour faire en sorte que mes messages soient lus à voix haute par une voix robotique. Et vice-versa, je répondais à l'oral moi aussi.

— J'adore Maria.

Jaemin s'esclaffe à nouveau contre ma nuque chaude, gardant l'une de ses jambes en travers des miennes et son bras par-dessus mon torse. Il adore me prendre pour son nounours à chaque fois qu'une occasion se présente, et c'est réciproque. Ce qui fait qu'on est toujours fourrés ensemble, et dans des positions étranges la plupart du temps. Mais autant dire qu'on s'en fout pas mal. Quant à Maria, c'est le nom qu'il a donné à la voix de mon cellulaire.

— Mec, je vais vraiment l'appeler Jaune Cou, ai-je clamé en me remettant à rire en laissant mes lèvres former un cœur sur mes dents découvertes.

— Ça ressemble à son prénom !

Le nez de Jaemin frôle ma mâchoire quand il se redresse pour jeter un coup d'œil vers mon téléphone que j'ai toujours entre mes doigts.

— Tu peux m'épeler son vrai nom ?

— Ouaip, donne.

Sans attendre ma réponse, il prend mon écran et se couche carrément sur moi, en travers de mon corps, et commence à me dicter les lettres que j'écris dans ma tête pour voir ce que ça donne.

— Jang Jongguk.

Jaemin hoche la tête de haut en bas contre mon avant-bras pour me signifier que j'ai juste.

— Autrement dit, John Jaune Cou.

Il dit ça en tentant de réprimer son rire avant de repartir de plus belle dans son hilarité en m'entraînant avec lui. Ça nous fait tellement de bien de rire comme ça, de laisser nos voix ricocher dans le silence de la pièce pour le remplir de notre bêtise. Ce sont ces moments-là que je chéris le plus. Enfin, sauf quand on vient nous calmer dans notre délire.

— PARK JAEMIN !

Le concerné sursaute si fort contre moi sous la voix colérique de Wei qui vient de faire irruption dans la chambre que je me relève d'un bond en dessous lui par surprise, faisant se rencontrer nos fronts l'un contre l'autre.

Et suite à ce choc, la réaction du Park Jaemin en question fut immédiate.

— Taesong ! T'es qu'un abruti ! Mon front !

— C'est ton gros front à toi oui qui m'a frappé !

— Tu sais où je vais te le mettre mon gros front ?
— Vous allez la fermer ?

Wei intervient en soupirant bruyamment, tandis que je frotte l'endroit du choc sur ma peau, et je sens Jaemin faire de même au vu des mouvements frénétiques de son corps contre le mien.

— Namkyu est en train de dormir, mais on entend que vous !
— Non, je dors plus…

Une voix faible aux résonances ensommeillées nous parvient depuis l'endroit où se trouve la porte, accompagnée de pas lents traînant au sol.

— Vous foutez quoi à vous marrer ? Et pourquoi vous êtes installés comme ça là ? Ouais non, en fait, je ne veux pas savoir. Faites une place à mon incroyable fessier.

Nous n'avons même pas le temps de faire quoi que ce soit que le grand corps de Namkyu se fait une place avec force entre nous, pour ne pas dire carrément sur nous. Il pousse un gros soupir de bien-être en m'écrasant, ce qui fait sortir un éclat de rire chez Wei qui est toujours debout près du lit.

— Park, t'es confortable.
— En fait, c'est sur mes hanches que t'es, là.
— Ah oui ? Bah je m'en fous, Taesong.

Et en effet, il s'en fout tellement qu'il se pose sur moi de manière totalement inconfortable, puis il ne bouge plus.

— Namkyu, je suis aveugle ! Un peu de respect ! Ah ! Tu me fais maaaal !
— Te sers pas de ton handicap avec moi. Je ne m'appelle pas McDo, je ne vais pas te filer un repas gratos.
— Taesong, je t'ai dit d'arrêter de faire ça, sale escroc.

Les cheveux foncés de Wei me chatouillent la joue quand elle vient finalement près de nous en me réprimandant. Elle pousse Jaemin au passage qui s'est remis à râler sous les coups de coussin que lui administre la jeune femme en prime de son incrustation.

— Et toi, je te jure que tu vas arrêter de crier comme ça dès le matin !

— Arrête ça, eh ! Ça fait mal ton truc ! Puis ce n'est pas moi, c'est Taesong qui rit ultra fort !

— Je suis aveugle, je ne peux pas rire.

Aussitôt après avoir parlé, la masse moelleuse du coussin s'écrase sur ma figure, me faisant éclater de rire en imaginant sans aucun mal le visage de Wei au-dessus de moi, avec ses sourcils froncés mais son grand sourire joyeux persistant sur ses lèvres. Cette fille est la joie incarnée.

— Je vais tous vous tuer !

S'ensuivit une bataille d'oreillers avec au centre un Namkyu grandeur nature qui fait l'étoile sur le lit, sans se soucier de la guerre intense qui se joue autour de lui.

— Faites moins de bruit, bande de gosses.

Notre chamaillerie dure un petit moment, jusqu'à ce que Jaemin pose par inadvertance – si si, je vous jure – son gros boule sur le nez de Namkyu. Le plus vieux de nous tous se relève du matelas en beuglant et en donnant une tape si forte sur le crâne de Jaemin que j'ai bien cru que sa tête allait décoller de ses épaules.

— Park Jaemin !!

Wei éclate de rire en entendant Namkyu reprendre ses propos, tandis qu'un bruit sourd retentit au sol, suivi de la voix de Jaemin qui étouffe à moitié tant il rit aussi, même s'il venait de se casser la gueule sur le parquet.

— Laissez mon prénom tranquille ! Le dites pas en criant !

Je souris en baissant ma main vers lui dans le vide pour ébouriffer ses cheveux, histoire de lui dire en quelque sorte qu'il va s'y faire. Puis je me tourne vers les deux autres en devinant où ils sont postés au vu du bruit qu'ils font sur le matelas.

— Bon, on fait quoi aujourd'hui ? dis-je simplement en penchant ma tête sur le côté dans l'attente d'une quelconque réponse.

— T'as un rencart toi, enchaîne directement Namkyu.
— Pardon ? Et je ne suis pas au courant ?
— Si, tu lui as même donné ton num.

Interloqué par le début de sa phrase, je finis par sourire nerveusement en laissant mes doigts posés sur les draps venir jouer avec.

— Vous allez pas me lâcher avec ça ? Je ne l'aime pas.
— Donc tu peux très bien sortir avec lui, entre amis ! conclut Jaemin d'un ton triomphant qui ponctua joyeusement sa voix douce.

Je suis persuadé que Namkyu et Wei hochent eux aussi la tête de leur côté de manière synchronisée. Soupirant de gêne qu'ils voient dans cette rencontre une relation sentimentale inexistante, je me redresse pour leur répondre quand la voix robotique de Maria résonne depuis le bout du lit.

— Peut-être faudrait-il encore demander au concerné s'il est d'accord pour participer à ce semi-rencart.

Mes doigts stoppent tout contact qu'ils exercent sur la couette, mon cœur loupe un battement, mon visage se tourne vers mon portable qui repose au fond du lit, et je crois mourir de honte tant je suis gêné que Jaune Cou ait entendu notre discussion.

— Comment…
— La touche vocale a déconné. Qui s'en est servi en dernier ? m'interrompt Namkyu, que je sens se pencher vers l'arrière du matelas pour choper mon cellulaire.

Mon regard voilé de ténèbres se baisse immédiatement vers Jaemin, toujours le cul posé au sol.

— Euh…
— Jaemin, il n'y a que toi pour faire ça, de toute façon ! le rabroua Wei avant de se mettre à rire doucement en venant tapoter quelques secondes, avec un geste tendre, mon épaule. T'inquiète pas, Taesong ça arrive, ne te mets pas dans cet état !

En soi, oui, je n'ai pas besoin de me mettre dans cet état. Ce n'est pas grave dans le sens où je ne suis pas obligé d'aller le revoir pour manger cette glace avec lui, donc je n'ai pas de raisons de rougir en jouant nerveusement avec mes doigts. Mais le fait est que j'ai prévu d'y aller à ce pseudo-rendez-vous, parce qu'il me le doit bien pour m'avoir emmerdé. C'est juste un peu gênant qu'il ait entendu qu'on parlait de ça de cette façon-là entre nous.

— Namkyu, tu peux me dire exactement à partir d'où les messages vocaux ont commencé à s'envoyer ?

— Yes babe, attends.

Je perçois la régularité de son doigt qui tapote l'écran pour trouver les messages, et l'odeur de Jaemin qui se fait plus proche de moi quand il remonte sur le lit à nos côtés.

— Okay ! Je vais te dicter tout ça.

Namkyu fait bouger le lit en se déplaçant dessus, puis sa voix me parvient directement en face de moi, plus nette que tout à l'heure.

— Ça commence de « Jang Jongguk » et ça finit à son message.

— Merci.

Je me redresse à tâtons sur le lit pour aller récupérer mon téléphone entre les mains de Namkyu qu'il me tend déjà. Pieds nus contre le sol frais de la pièce, je pars m'habiller simplement sous le regard des trois autres, tout en répondant en même temps à ce fameux Jongguk.

— D'accord ou pas, tu me dois une glace. On se rejoint au parc de Dalseong. Oh, et pas la peine de te faire beau, je ne te verrai pas.

J'ai l'impression d'entendre Maria glousser quand je reçois sa réponse.

— Raison de plus, tu n'auras qu'à me toucher pour deviner ce que je porte.

Malgré moi, je souris en entendant sa réponse on ne peut plus directe, remarquant juste après le léger toussotement de Namkyu qui vient du lit.

— Dalseong ? Sérieux, Taesong ? Dois-je te rappeler que tu as pris le bus genre, quoi, quatre fois pour y aller, depuis l'accident ?

Je roule des yeux en les reposant juste après sur la silhouette de mon meilleur ami, même si je ne peux le voir.

S'il y a bien une chose que je déteste, c'est qu'on me prenne pour un incapable. Je peux le faire. J'aimais aller quelquefois à ce parc avant l'accident, et même si je n'y suis pas retourné depuis un bon moment, je me sens capable de le faire. Je n'ai pas besoin d'assistance dès que je m'éloigne de ma zone de confort extérieur.

— Namkyu, ça va. T'es pas ma mère et je peux très bien faire ça tout seul. Je suis grand.

— Emmène Jaemin avec toi si tu ne veux pas de moi. Mais s'il te plaît, ne fais pas le con à vouloir te prouver quelque chose que tu ne peux pas faire pour le moment. Tu as besoin d'aide, Taesong.

Je finis par détourner la tête vers un morceau de mur de la pièce, mordillant l'intérieur de ma joue pour éviter d'exploser. Je sais qu'il ne veut que mon bien, tout comme Jaemin et Wei, et que je ne dois pas m'énerver contre lui quand le seul fautif ici, c'est mon sale caractère. Mais c'est plus fort que moi, ce sentiment qui me prend aux tripes. Je n'ai besoin de personne. Car le dire tout haut, ce serait m'avouer que j'ai besoin d'être aidé. Et je ne veux pas. Je veux le faire moi-même. Je veux guérir tout seul.

— Jaemin va le faire tomber sous son charme, c'est mort.

Je réponds en partie à sa phrase en enfilant un T-shirt banal de couleur bleu ciel, avec une petite banane dessinée dessus au niveau de ma poitrine tout à gauche.

— J'arrive pas à croire que tu vas à Dalseong.

La voix de Wei me parvient d'un ton réprobateur, et je l'imagine sans mal en train de bouder avec ses bras croisés sur sa poitrine.

— C'est immonde ce qu'ils font aux animaux là-bas ! Leur zoo est mal entretenu, et ils ne prennent soin que partiellement des espèces qui s'y trouvent ! Qu'est-ce que tu lui trouves au juste à cet endroit ?

Sans attendre, je lui sers ma réponse en la regardant droit dans les yeux cette fois-ci, même si ça la déstabilise beaucoup quand j'agis ainsi.

— Parce qu'ils sont comme moi. Prisonniers d'un univers dont seuls eux ont le contrôle, mais ils sont bien trop effrayés pour tenter d'en sortir.

Je n'ajoute rien ensuite, quittant la pièce pour aller me faire un brin de toilette et prendre mon petit-déjeuner. Je ne souhaite plus parler de ce sujet avec eux. Ça ne sert à rien après tout, ils sont butés et moi aussi. Ils veulent prendre soin de mon bien-être, et je sais parfaitement ce qui est bon pour moi. Me foutre la paix.

**

Le bus est bondé. La sueur empeste à chaque recoin, les gens sont si collés qu'ils se partagent leur oxygène, et il fait tellement chaud que même les fenêtres ouvertes ne servent à rien. Je ne me sens pas bien. Cette atmosphère est généralement angoissante pour n'importe qui, alors imaginez quelqu'un d'aveugle, collé à on ne sait qui, avec aucun appui visuel pour se repérer. Ce n'est pas du tout rassurant. Et la personne qui se presse derrière moi contre mon corps à chaque virage qu'exerce le bus me donne envie de partir en courant. Dents serrées, fesses contractées et mains agrippant la barre de sécurité comme si c'était un lingot d'or, je prie tous les Dieux que je connais pour arriver sans encombre à l'arrêt de bus près de Dalseong.

— Eh mec, tu veux t'asseoir ?

Une voix douce avec un ton jovial s'adresse à moi depuis ma droite, là où sont situés les sièges tous occupés. Je tourne vaguement la tête, me demandant si c'est à moi qu'on parle, avant de sentir une pression sur le bas de mon haut.

— Je te la laisse si tu veux, continue l'inconnu que je sens sourire dans ses paroles, suivi d'un profond soupir qui semble venir d'une seconde personne qui doit être à ses côtés.

— C'est bon, Hyosik, laisse-le. Tu ne vois pas qu'il n'en a pas envie ?

— Pourquoi est-ce que vous lui demandez à lui ?

Un homme à la voix bourrue qui se trouve à quelques têtes de moi prend la parole d'un ton méprisant, froid et hostile à mon égard. Mes poils s'hérissent sur mes bras, mes oreilles ainsi que mes joues se mettent à chauffer. Je n'aime pas être le centre de l'attention. Surtout quand c'est pour qu'on m'en mette plein la gueule.

— Parce qu'il y voit pas ? Et alors, il est jeune, il fait avec. Moi je suis plus vieux que lui. Par respect, ça devrait être à moi de m'y asseoir.

Mes doigts serrent un peu plus fort la barre en aluminium sur laquelle je me tiens, ravalant ce que j'ai envie de lui cracher en pleine figure. Mais je n'en ai pas le temps. Je sens le garçon qui a interpellé ce fameux Hyosik plus tôt se lever et se frayer un passage pour venir se placer à mes côtés.

— Vous montrez une bien piètre image de vous, Monsieur.

— Yongso, s'il te plaît, tente Hyosik qui se lève à son tour, ses vêtements frôlant le tissu du siège en velours suite à ses mouvements.

Je ne dis rien de mon côté, me contentant de me taire et d'écouter. Ce n'est pas la première fois que je suis victime de ce genre de comportement en deux ans de vie avec ma cécité, mais jamais quelqu'un n'a pris ma défense. Les gens se taisent généralement, ne préférant pas s'attirer d'ennuis pour moi. Et honnêtement, je suis plutôt timide et gêné dans ce genre de moment pour oser prendre la parole.

— Comment osez-vous me parler de la sorte, jeune homme !

Ledit Yongso claque sa langue contre son palais en signe d'agacement pur, avant de glisser soudainement un de ses bras autour de mes épaules pour me rapprocher de lui. Mon cœur bat à tout rompre, ressentant sur ma personne les regards de tous ces gens alentour qui nous fixent comme des hiboux.

— Aah. C'est vous qui commencez à nous les briser mais on devrait fermer nos bouches et ne rien dire ? Vous n'avez pas honte de faire passer vos besoins personnels avant ceux des personnes qui en ont le plus besoin ?

— N-Non mais ça va, je…

Yongso ne m'écoute pas, et continue sur sa lancée.

— Il y a des places dédiées aux personnes âgées et aux femmes enceintes sur le devant et l'arrière du bus. Mais vous avez décidé de rester au centre. Alors de quoi vous venez vous plaindre ? Vous aviez le choix et vous avez décidé de rester debout. Il n'y a rien à dire de plus, si ce n'est que vous devriez faire comme les enfants. Tourner votre langue plusieurs fois dans votre bouche avant de l'ouvrir.

Je suis subjugué par tant de brutalité verbale sortie à la minute, sans même aucune insulte. Yongso vient de parler d'un ton détaché, un brin ennuyé, tapotant gentiment mon épaule avant de me faire asseoir à sa place à côté du fameux Hyosik qui est revenu sur son siège.

Je ne dis rien, honteux suite au silence qui fait place dans le bus juste après, et je me contente de m'asseoir sur le siège qu'on m'offre.

— T'es timide comme gars. Jaemin m'a dit que tu n'as pas ta langue dans ta poche.

Je fronce les sourcils et relève les yeux vers Yongso, resté debout face à moi. La colère prend place petit à petit dans mon esprit quand je comprends rapidement ce que signifient ses paroles.

— Jaemin t'a dit de me suivre ?

— Quoi ? Yongso, je croyais qu'on allait au centre commercial ! Et c'est qui ce Jaemin ?

Hyosik s'offusque à mes côtés, sa voix joyeuse se couvrant d'une incompréhension totale.

— Bébé, je veux aller au centre commercial quand même. Et Jaemin, c'est mon ex, c'est tout.

Parler d'un ton détaché devait être la marque de fabrique de ce Yongso, mais ça ne fait qu'énerver son copain à mes côtés, que je sens bouillonner en silence.

— Tu pouvais pas me le dire ? Ça fait huit mois qu'on est ensemble, huit mois ! Je ne savais même pas que tu avais un ex !

— Ouais bah je suis beau comme un Dieu, c'était à prévoir, Hyo. Je ne te l'ai pas dit parce que je n'en voyais vraiment pas l'intérêt. Jaemin est ultraaa méga sexy en plus, mais lui et moi, on n'était pas compatibles. Puis après, tu t'es pointé avec ta petite bouille et tes pommettes rebondies. Je suis tombé amoureux, mais ce n'est pas grave si tu es arrivé après ! Le principal, c'est qu'on s'aime.

— Enfoiré.

Hyosik rit quand même à travers son insulte, ce qui me fait comprendre sans le moindre doute que ça doit fonctionner sûrement comme ça entre eux. Et c'est bien, un couple qui ne se prend pas la tête.

— Donc, Jaemin t'a demandé de me suivre ? je reprends en serrant légèrement ma main autour de ma cuisse.

— Non, il veut juste que je veille à ce qu'il ne t'arrive rien. Je ne suis pas ta mère non plus, hein.

— Je crois que j'ai remarqué.

— Ouais bah quoi qu'il en soit, il m'a juste dit que t'étais aveugle comme un mort, comment t'étais habillé, en me précisant quel bus tu prenais et vers où. Fin.

Je ne réponds rien à cela, traitant Jaemin dans mon esprit de toutes les insultes possibles et imaginables. Je suis sincèrement agacé et vexé qu'il me considère comme quelqu'un d'imprudent. Je peux me débrouiller tout seul. En quelle langue faut-il le dire ? Il pense agir pour mon bien, mais ça me fait me sentir encore plus chétif et dépendant d'eux que je ne le suis déjà.

Je ravale ma colère qui n'a pas lieu d'être envers Yongso et Hyosik, puis je descends du bus une fois à destination en constatant sans surprise qu'ils me suivent. Je les ignore après les avoir tout de même vaguement remerciés, jusqu'à arriver à l'entrée du parc. L'air qui caresse ma peau est doux, frais, agréable. Ça me rappelle qu'avant, j'aimais voir les pétales des cerisiers en fleurs tomber sur le sol pavé de l'allée et virevolter dans l'air. Soupirant et chassant mes souvenirs, je pousse le portail après l'avoir trouvé à l'aide de ma canne et je pénètre dans le parc en laissant les deux autres derrière. Ils ne me suivent plus, signe qu'ils ont accompli leur mission, entre autres.

Curieux de savoir comment va se dérouler cette journée en compagnie de ce Jongguk ; c'est avec une certaine excitation que je continue d'avancer dans ce parc qui m'est désormais devenu inconnu.

5
Hypersensitivity

Les senteurs des fleurs, des arbustes, des pins, des chênes m'assaillent une fois que je m'immerge un peu plus dans le parc. J'imagine ce qui m'entoure, me force à me rappeler ce paysage qui a tant bercé mes après-midis, et les journées à bronzer au soleil en été aux côtés de Namkyu qui posait toujours sa tête sur mes cuisses pendant que j'observais d'un air rêveur les nuages qui flottaient au-dessus de nous. Ça me rend triste quelquefois quand je tente de penser à quoi ressemble maintenant ce qui se trouve tout autour de moi, alors que je l'ai déjà côtoyé. Les parterres de fleurs aux couleurs extraordinaires, les arbres colorés en automne et complètement nus en hiver, les lampadaires qui bordent les allées. Les bâtiments anciens, les temples de couleur bordeaux, les ponts en pierre grise. Tout ce qui fait de ce parc ce qu'il est me manque. C'est dur d'avancer parmi tout ça, parmi mes souvenirs à la fois lointains et inexistants, de sentir ma canne s'enfoncer dans un petit trou dans le sol pavé auquel je n'avais pas besoin de faire attention avant. Mais il faut avancer malgré tout ça. Mettre un pied devant l'autre et avancer. Je peux trébucher, mais je ne peux plus me permettre de tomber.

— Mais c'est pas mon aveugle préféré ?

Une voix douce et rieuse retentit depuis ma droite, cette voix que je sais reconnaître grâce à son ton délicat et mélodieux.

— Tu en côtoies beaucoup, toi, des aveugles ?

Je réponds en avançant vers lui et laisse ma canne buter contre le léger trottoir de pierre qui sépare l'allée des jardins.

— Tu es le seul, et même si d'autres voudraient devenir mes amis, je dirais que non, je ne peux pas. Mon cœur est déjà à quelqu'un.

Mon fessier se pose sur le banc où il est installé, puis je plie ma canne et relève une de mes jambes pour la poser à plat sur l'autre, histoire qu'elle fasse un angle droit dans le vide. Mes mains se posent dessus d'un air presque solennel et impérieux, puis je reste ainsi à admirer l'espace sombre infini qui file devant mes yeux. Aucun de nous ne parle pendant les secondes qui suivent, laissant planer ce silence paisible et reposant autour de nous. Au loin, on peut percevoir des cris joyeux venant des enfants qui observent sûrement le zoo présent plus loin.

— Je l'ai vu, le zoo, me confie-t-il au bout d'un moment.
— Et ?
— C'est triste et dépressif.
— Tu comprends pourquoi je suis accro à mes yeux, maintenant.

Il a un petit rire comme ceux des enfants, paisible et joyeux.
— Ça ne te manque pas, de voir le monde ?
— Est-ce que je dois répondre sincèrement ?
— C'est mieux.

Un lourd soupir traverse mes lèvres, puis je hausse les épaules, les pupilles toujours figées vers l'horizon.
— Je n'ai pas envie de me mettre à chialer en me roulant en boule contre le sol pour te dire que ma vue me manque. Bien sûr qu'elle me manque. Mais c'est comme ça. Je me réjouis au moins d'avoir perdu seulement ça pendant que d'autres ont perdu la vie.

— Tu sais que tu as le droit d'être en colère ? Tu as le droit de pleurer, d'être triste, de péter les plombs et d'en vouloir à la terre entière, même si tu penses que ta douleur est infime par rapport à celle d'un autre. On ressent tous la douleur sous des formes différentes et à des intensités variées. Ne te prive pas de ressentir cette tristesse qui t'appartient de manière légitime, au risque de la garder enfouie au fond de toi pour qu'elle finisse par te faire exploser.

Je reste sans rien dire de longues minutes, intimant à ma gorge de ne pas trembler et à mes larmes de ne pas sortir. Ce mec vient de mettre des mots sur ce que je ressens depuis deux ans en même pas cinq secondes top chrono, sans même que je le connaisse. Je ne dis rien pendant un moment et tente de me contrôler pour éviter de laisser sortir mes pleurs. J'ai comme la sensation que l'intérieur de mon corps se contorsionne pour éviter de laisser paraître quoi que ce soit, et je sens que ça me ronge. J'ai comme des boules d'échardes dans la gorge, qui ne sont parties qu'une bonne dizaine de minutes après m'être ressaisi.

— Merci.

C'est la seule chose que je suis capable de murmurer après ça. Il ne dit rien en retour, sûrement pour me laisser le temps de me remettre un peu.

Je déteste laisser mes faiblesses transparaître comme ça. Surtout face à quelqu'un dont je ne connais rien. Mes mains tremblent légèrement, alors je m'empresse de les cacher dans la grande poche principale de mon sweat le temps que ça cesse.

— Tu m'as proposé de te toucher tout à l'heure. Par message.

Je dis la seule chose qui me passe par la tête. Il doit clairement me prendre pour un gros pervers, mais malgré tout, il rit à nouveau avant de me répondre.

— J'ai supposé que c'était comme ça que tu apprenais à découvrir les gens.

— Je connaissais déjà mes amis actuels avant mon accident, donc je n'ai pas eu à faire ça avec eux. Je peux te toucher ?

Je n'attends pas vraiment sa réponse, sortant les mains de mes poches et décroisant mes jambes pour me tourner vers lui. Mais à peine mes bras tendus vers sa silhouette, j'entends ses vêtements frôler le banc quand il se recule brusquement de moi.

— Non, je... Non, désolé.

Dans sa voix, je sens son air peiné de ne pas pouvoir me laisser faire. Mais je ne comprends pas. Est-ce que je suis si laid que ça pour lui ? Mes cicatrices de l'accident sont parties depuis un bon moment, donc je dois être aussi passable que je l'étais avant. Ou alors ce sont mes mains le problème ? Est-ce que c'est le genre de mec à avoir la phobie des mains ?

— Ce n'est pas toi, c'est juste moi.

Il soupire, et comme il est tourné vers moi, son souffle mentholé me caresse délicieusement la joue.

— Ok, tu sais quoi ? On a qu'à se balancer des funs facts sur nous. Je commence. Je fais partie des 25 % de la population qui est hypersensible.

Jongguk lâche ça simplement, comme s'il m'annonçait le temps qu'il fait au-dessus de nos têtes. Je reste stoïque pendant de longues secondes à tenter de comprendre ce qu'il vient de dire. Ça arrive à tout le monde de pleurer devant un bon film triste, non ?

— T'as pas supporté *Titanic* ?

Je pouffe légèrement, mais son coude qui vient brutalement s'écraser dans mes côtes me laisse penser que ça ne le fait pas rire. Et l'intonation sèche de sa voix qui suit confirme mes soupçons.

— Ça n'a rien de drôle, tu sais ? C'est vraiment sérieux. Je suis plus sensible que la moyenne, et ça ne touche pas que mes émotions.

Mon rire se calme aussitôt quand je comprends que c'est quelque chose de beaucoup plus complexe que ce que je pense.

— Désolé, Jongguk, j'ai un peu de mal à imaginer ce que ça veut dire.

Et j'ai vraiment du mal à comprendre le mot « hypersensible » et tout ce qui tourne autour. Être sensible est déjà quelque chose d'assez fort en soi. Donc hyper rajouté devant ? Qu'est-ce que ça signifiait de plus ?

— Pourtant, tu es familier avec certaines choses que je ressens, dit-il dans un sourire qu'il semblait avoir retrouvé.

— Ah oui ?

Je deviens soudain curieux.

— Tes sens se sont développés après ton accident, non ?

Je hoche la tête de haut en bas en signe de réponse.

— C'est un peu pareil pour moi. Par exemple, ton ouïe te permet d'entendre des choses que tu ne percevais pas avant ou alors très mal. Moi, j'ai toujours eu une sensibilité auditive. C'est-à-dire que certains bruits qui ne dérangent pas les gens me gênent énormément. Les bruits parasites, les bruits répétitifs, ce genre de choses.

Jongguk réussit soudainement à piquer ma curiosité. J'ai envie d'en savoir davantage, de connaître certaines choses sur lui et sur cette hypersensibilité qui l'habite.

— Je vois. Comme le bruit des moustiques ?

— Mec, ce bruit emmerde tout le monde, pas seulement moi.

Suite à ça, je lâche un léger rire qui le fait rire aussi. Qu'est-ce qu'on peut sembler cons à rire sur notre banc pour un simple moustique. Un aveugle et un hypersensible. Quel beau duo on fait.

— Ensuite, je suppose que ton sens du toucher s'est développé lui aussi. Encore une fois, me concernant, je suis dérangé par certaines textures de vêtements. Comme la laine. C'est le plus terrible, je ne supporte pas ça quand ça frotte contre ma peau. Et comme tu l'auras remarqué tout à l'heure, j'ai également du mal avec le fait qu'on touche certaines parties de mon corps.

Comme à mon habitude, je ne peux voir ce qui m'entoure, mais ça ne m'empêche pas de tourner mon regard sombre vers le faciès de Jongguk. Parfois, je me demande vaguement si les gens face à moi perçoivent la terrible noirceur de mes yeux au fond de mes iris.

— Je vois, enfin non. Mais t'as compris. Et tu sais que tout le monde déteste la laine aussi ? Ce truc gratte à mort.

Pour accompagner mes mots, j'exécute une grimace de dégoût qui le fait rire, avant de fouetter du bout des doigts les quelques mèches de cheveux qui pendent de ma frange pour me donner des airs de diva.

— Moi, de toute façon, je n'accepte que le luxe très cher. Le satin, la soie, la peau de crocodile, et rien d'autre !

Il rit à nouveau suite à mes mots, et je me rends compte que c'est sans aucun doute le plus beau son du monde. Du moins, il y ressemble. Il est subtil, doux, délicat, apaisant. Une caresse pour les oreilles.

— Tu vas me coûter une fortune entre ton palais délicat et tes vêtements de luxe ! Pourquoi j'ai rencontré un aveugle avec autant de goûts de marque ?

— Parce que je suis le meilleur.

Je fais jouer mes sourcils vers lui, avant de laisser un grand sourire rectangulaire étirer mes lèvres colorées. C'est le genre de sourire que j'affiche quand je suis réellement heureux. Et la plupart du temps, il n'y a que Namkyu, Wei et Jaemin qui peuvent en bénéficier.

— J'aime ton sourire.

Ses mots me frappent en plein cœur, sans que je sache pourquoi. Ils étaient pourtant si simples, si légers. Mais ils me retournent et me laissent pantelant, là, comme un idiot. Mes joues se mettent légèrement à chauffer, me forçant à détourner le regard. Je ne suis pas gêné, mais je ne suis pas à mon aise non plus. On ne m'a jamais parlé de mon sourire, ni dit qu'on aimait me voir sourire. C'est nouveau et étrange à la fois, mais j'aime bien.

— Je... Merci ?

Je souris nerveusement tandis que son rire vient m'apaiser juste après.

— Bon, à toi ! Dis-moi un fun fact sur toi !

Jongguk enchaîne rapidement, sans doute pour me permettre de faire disparaître ma gêne soudaine. Et je l'en remercie. Il a sûrement deviné que je n'aime pas trop montrer mes faiblesses ainsi.

Est-ce que ça venait de son hypersensibilité ça aussi ? Peut-être que ça pourrait être jugé comme de l'hyperempathie ?

— Un fun fact...

Je réfléchis quelques secondes à sa question. Quelque chose de fun mais qui ne l'est pas tant que ça, à bien y réfléchir. Du moins pour les autres, car l'hypersensibilité de Jongguk semble le ravir si elle peut en effrayer d'autres. Je finis donc par esquisser lentement un fin sourire en déportant une nouvelle fois mes iris gorgés de souvenirs vers le paysage lointain face à nous, inaccessible. J'ai le fun fact parfait.

— Je m'appelle Kim Taesong, et j'ai tué ma mère.

6
Jung Wei

Flashback

26 juillet 2019
Concert Blackpink, Séoul, Olympic Stadium

— Non ! Arrêtez ! Sérieux, Jaemin, rends-moi mon tél avant que je te…
— Tu ne vas rien faire du tout !

Namkyu intervint en riant, ses fossettes apparaissant dans ses joues et sa main venant ébouriffer mes cheveux. Puis il se coucha à moitié sur moi, l'air de rien. Soit c'était pour faire diversion pour Jaemin, soit pour réellement me câliner, parce que son avant-bras vint s'enrouler autour de ma nuque quelques secondes après.

— Taesong, t'as besoin de quelqu'un pour t'y accompagner. Tu ne peux pas y aller tout seul, ça craint.
— Figure-toi que je préfère justement y aller sans personne pour éviter d'attirer l'attention.
— Eh, t'abuses, Taesong. Plein de gars vont à des concerts d'idoles féminines ! Il n'y a pas de honte à avoir.

Jaemin vint lui aussi s'écraser sur moi en parlant, l'herbe verte en dessous de mon corps chatouillant la naissance de ma nuque lorsque je me retrouvai plaqué au sol contre mon gré. Je supposai qu'ils avaient tous les deux raison, je n'avais pas à avoir honte de mes goûts musicaux. Mais c'était plus fort que moi. Le jugement des autres, de la société, les regards accusateurs, ceux qui vous jaugent de haut en bas comme si vous étiez un étranger. Je ne l'avais que trop connu aux côtés de Namkyu durant nos années folles de collégiens, parce qu'on était toujours ensemble et que, de ce fait, on ne voyait pas l'intérêt d'aller vers les autres. C'était du passé, c'est vrai. Mais malgré tout, vos vieux démons sont toujours là.

— Plus facile à dire qu'à faire, répliquai-je en glissant une main entre les mèches soyeuses de Jaemin qu'il venait de teindre en orange cuivré.

Les rayons du soleil de cette chaude journée d'été se reflétaient avec une certaine douceur presque irréelle sur les cheveux du rouquin. Le tapis naturel du parc de Dalseong se répercutait à perte de vue. Il accueillait un peu partout les gens qui étaient venus ici pour se ressourcer, se promener, pique-niquer, partager du bon temps seul, en famille ou avec des amis. Le paysage avait beau être ponctué de certains monuments majestueux qu'on a peu l'habitude de voir dans un parc, il n'était rien sans toutes ses fleurs colorées qui enjolivaient la vue. Les parterres de pâquerettes, les roses pendantes au bout de leurs tiges épineuses, les quelques tulipes orangées sur les bordures de l'allée et les violettes brillant sous la clarté du soleil. Tout cela et bien plus encore apportait une plénitude et un épanouissement total à qui savait voir la beauté de la nature.

Et à l'époque, je la voyais encore, cette beauté simplette et apaisante que nous offrait cet endroit.

— Quelqu'un t'a répondu.

Jaemin se redressa légèrement contre moi, mon téléphone encore dans sa main. Il fixa curieusement l'écran, avant que son regard ne se déporte sur Namkyu et moi.

— Attends, qui a répondu à quoi ?

Je restai perdu pendant de longues minutes sans comprendre de quoi il parlait, penchant la tête sur le côté. Qu'est-ce qu'il avait fait ? Je lançai un bref coup d'œil en biais à Namkyu pour savoir s'il savait quelque chose, mais ce dernier resta simplement étendu à moitié sur moi et à moitié sur la pelouse verdoyante, les yeux clos en signe de plénitude intérieure.

— Avec Namkyu, on a trouvé sur Instagram un compte d'aide pour ceux allant au concert ce soir. Par exemple, si tu veux échanger ta place avec quelqu'un, ou même tout simplement la vendre, ou encore trouver quelqu'un avec qui y aller, tu leur envoies un message.

— Et après, ils le partagent en story sur leur compte pour que ceux qui sont intéressés viennent directement te contacter.

Je glissai mes coudes derrière mon buste pour prendre appui dessus et me redresser, observant ensuite tour à tour Jaemin et Namkyu qui souriaient tous deux, fiers de ce qu'ils avaient fait.

— Vous êtes sérieux ? Vous avez envoyé un message à ce compte pour dire que je recherchais quelqu'un avec qui y aller ?

— Ouaip ! Tu sais, ça nous rassurerait de savoir que tu n'es pas tout seul ! Et en plus, partager sa passion entre fans, c'est plus sympa que tout seul.

Les cheveux blonds de Namkyu remuèrent contre ma cuisse quand il hocha la tête pour confirmer les propos de Jaemin. Quant à moi, je soupirai si fort que le plus gros des ouragans aurait pu me jalouser. Je ne pouvais pas leur en vouloir d'être inquiets pour moi et de faire en sorte que je passe du bon temps à ce concert que je souhaitais voir depuis des mois. J'étais simplement un peu anxieux. Comment est-ce que j'allais bien pouvoir sympathiser avec cette personne ? Quelques mois plus tôt, dans cette boîte de nuit avec Jaemin, ce fut relativement simple. Les choses s'étaient faites naturellement. Et puis Jaemin parlait très facilement avec les autres. Sa personnalité joviale et souriante faisait que la conversation était agréable avec lui, sans prise de tête quelconque.

— Parle-lui Taesong, je suis sûr que ça peut être sympa. Et si ça se trouve, c'est un mec !

Jaemin me rendit mon cellulaire en me faisant un sourire tendre et doux, qui faisait délicatement plisser ses yeux en amande. Je ne répondis rien de plus, tandis que sa main venait passer allègrement entre mes mèches sombres pour me faire comprendre que je ne devais pas stresser. Jaemin savait que j'étais très anxieux dans ce genre de situation sociale. C'est pourquoi il prenait toujours le temps de me rassurer pour me donner de l'énergie, comme il le disait si bien. De la part de Namkyu, j'eus simplement droit à une petite tape d'encouragement sur la cuisse qui fit naître un doux sourire sur mon visage.

Suite à ça, je repris mon portable pour jeter un œil au message que j'avais reçu, voyant que ça venait d'un certain @wei_vibes. Il me demanda si c'était bien moi qui recherchais quelqu'un pour aller au concert, ce à quoi je répondis positivement. On échangea pendant un petit moment des banalités sur le concert, sur nos idoles qu'on allait enfin pouvoir voir, et sur nous-mêmes sans en dire trop non plus. Puis on convint de se rejoindre devant la salle de spectacle environ trente minutes avant le début du show. Il me précisa qu'il sera vêtu d'un T-shirt blanc banal recouvert d'une salopette jaune poussin.

Je souris en imaginant une telle tenue, trouvant que la simplicité des deux couleurs allait très bien ensemble. Pour ma part, je ne dis rien sur les vêtements que je comptais porter, car c'était Namkyu et Jaemin qui devaient les choisir. Devaient, oui. Ils avaient passé plus de deux heures à tenter de se mettre d'accord pour savoir s'ils partaient sur un haut kaki ou bleu nuit après notre retour du parc, pour finalement choisir une chemise fleurie et un pantalon noir fluide. Autant dire que j'allais avoir une sacrée dégaine.

***

— Tu as tes billets ? Ton sandwich ? Un peu d'argent ? De l'eau ?

Je roulai des yeux devant Jaemin en remettant le bas de ma chemise dans mon pantalon que je n'arrêtais pas de rentrer et sortir nerveusement, les doigts tremblants.

— Oui, j'ai tout.

Je lui montrai une dernière fois le contenu de mon sac avant de le refermer et de tourner la tête vers la masse de gens agglutinés autour du stade. Le bruit alentour était tel un bourdonnement. Les éclats de rire des fans, les cris d'une discussion due à l'excitation de la soirée à venir, les lightsticks qui brillaient déjà accompagnés du fan-chant scandé par la plupart des gens présents près de moi. Tout ça me donna des frissons. Ça faisait des mois que j'attendais cet événement, et maintenant qu'il était là, j'en tremblais d'appréhension. Mes paumes étaient moites de stress, et si Jaemin et Namkyu n'avaient pas insisté pour m'accompagner, je me serais déjà carapaté ailleurs. Plus les secondes passaient et plus je devenais anxieux de rencontrer cette personne inconnue. Mon ventre commença à se tordre de douleur à cause du stress qui s'emparait de mon corps. Et ce n'est que lorsque Jaemin m'interpella en se plaçant devant moi que je réalisai que je ne tenais pas en place.

— Qu'est-ce que t'as à trépigner, là ? Tu veux pisser ou quoi ? Arrête de jouer avec ta chemise. Viens là que je t'arrange.

Il attrapa le bas de mon vêtement avec douceur en le retirant de mes mains tremblantes et le mit correctement dans mon pantalon, étant donné que je n'étais pas en état de le faire.

— Jaem, je veux rentrer.

Ma gorge était sèche et quelque chose grésillait dans mon ventre. J'avais la trouille. Je plongeai mes yeux effrayés dans les siens quand il releva ses iris vers moi.

— Qu'est-ce que tu me fais, là ? Tu ne peux pas partir, Taesong, tu attends ce jour depuis des mois.

— Et tu nous gonfles depuis des mois avec, surtout.

Namkyu lâcha un petit rire en venant enrouler son bras autour de ma nuque pour me montrer son soutien et son affection.

— Je peux pas le faire. Je suis en panique totale. Je tremble.

Jaemin baissa son visage vers mes mains que je n'arrêtais pas de tordre dans tous les sens, les prenant doucement dans les siennes, plus petites.

— Ça va aller, Taesong, respire calmement. C'est un de tes rêves que tu es sur le point de réaliser, et tu peux le faire. Il suffit de repousser tes limites. Ça va aller, je te le promets. Je sais que tu es capable de le faire.

Je ne dis rien, la gorge serrée de terreur. Ses paroles me firent du bien, mais j'avais toujours envie de me défiler.

— Hey ! Eh, mais t'es un garçon ? Waw, c'est cool !

J'eus tellement de mal à déglutir que je crus que j'allais m'étouffer avec ma salive lorsque je tournai la tête derrière moi. Mais à mon plus grand étonnement, il n'y avait pas la personne que je m'attendais à voir. Des cheveux longs châtains coulant le long de son buste pour atterrir en dessous de sa poitrine, brillant sous les derniers rayons du soleil de la journée, et une tenue qui détonait de toutes les autres. C'était bien une jeune femme qui se tenait face à moi. Son sourire était si grand qu'il la faisait rayonner à des kilomètres à la ronde, et ses fossettes creusées dans ses joues rondes lui donnaient un joli charme en plus.

— Euh… ouais, il paraît.

Je lui servis un léger sourire crispé, tandis qu'elle se plantait devant moi en riant doucement face à ma gêne plus que perceptible.

— T'inquiète pas, je ne compte pas te manger ! Je m'appelle Jung Wei.

— Kim Taesong.

Jaemin me donna une petite tape dans le dos pour m'encourager, avant de venir se mettre à mes côtés.

— Hey. Moi, c'est Jaemin, et le géant ici, c'est Namkyu. On compte sur toi pour prendre soin de notre Taesong pendant cette soirée.

— Jaemin, ferme-la, je ne suis pas un enfant.

Je marmonnai en rougissant légèrement en étant mal à l'aise qu'il parle de moi comme si je ne savais rien faire tout seul.

— Eh, je ne suis pas un géant non plus, moi.

Le plus vieux tenta d'intervenir avant de se rembrunir en me prenant entre ses bras pour tapoter affectueusement le sommet de mon crâne.

— Bon, puisque tu as l'air d'être entre de bonnes mains, on va te laisser. Tu nous appelles s'il y a un problème, et surtout, tu profites à fond !

Pour toute réponse envers Namkyu, je hochai simplement la tête, laissant juste après la touffe rousse de Jaemin me fondre dessus. Il me serra si fort entre ses bras que je crus qu'il allait me briser en deux.

— S'il te plaît, éclate-toi et ne pense à rien d'autre. C'est ta soirée à toi, rien qu'à toi. Profite, Taesong.

— Oui, promis.

C'est naturellement que mes bras s'enroulèrent donc autour de son buste pour le serrer davantage contre moi. Notre étreinte dura quelques secondes, puis il me servit son fameux sourire doux et encourageant, avant de repartir avec Namkyu. Je me mis à réfléchir rapidement pour trouver quelque chose à sortir à Wei, mais elle ne m'en laissa pas le temps. Sa main s'enroula autour de mon avant-bras et elle commença à marcher à mes côtés en souriant toujours autant pendant qu'on discutait.

— Tu n'as pas envie de t'acheter un lightstick, toi ?

Je lâchai un petit rire en secouant la tête, lui pointant du menton une jeune fille qui agitait justement son lightstick en question dans les airs à bout de bras. Il était en forme de marteau, avec deux cœurs rosés au bout de la barre du haut. Et comme chaque lightsticks, une fois allumé, de la lumière s'échappait des extrémités. Ce sont des bâtons de lumière utilisés lors des concerts de K-pop. Chaque groupe de musique en a un bien à lui.

— Non mais regarde ça, je n'ai vraiment pas envie de me trimbaler le marteau de Thor.

Son rire rejoignit le mien tandis qu'on avançait vers l'une des grandes portes qui allaient nous permettre de rentrer dans le stade. De doux effluves de snacks alentour parvinrent à nos narines. De ce fait, mon ventre gargouilla pendant qu'on montrait nos billets à l'agent de sécurité posté à l'entrée. Par chance, nous étions en fosse tous les deux, ce qui nous permettrait d'être à côté, comme il n'y avait pas de placement.

— Oh attends, attends !

Wei retint mon bras, sa lèvre inférieure disparaissant entre ses dents quand elle la mordilla en gesticulant légèrement sur ses pieds.

— Il faut que j'aille aux toilettes.

— Maintenant ? D'accord, si tu veux. Mais il faut faire vite, le concert commence dans quinze minutes.

Elle hocha la tête avant de vite disparaître dans la foule après avoir vu le panneau qui indiquait les WC. J'en déduisis que ce devait être vraiment pressant, et je me contentai de la suivre pour éviter de la perdre parmi les fans qui hurlaient et couraient autour de moi. Mais une fois arrivés aux toilettes des filles, la queue immense qui filait sous nos yeux ne trompait personne. Wei était devant, l'air plus dépité que jamais.

— C'est vraiment pressant ?

Je parlai d'une voix douce, bien qu'un brin inquiet en voyant la file qui s'étendait à perte de vue face à nous. Autant dire que si nous ne voulions pas rater le début du concert, il fallait que Wei aille aux toilettes sans tarder.

— Oui, Taesong, j'ai mes règles et j'ai vraiment envie de faire pipi. Je vais chez les hommes.

Mes yeux s'écarquillèrent à la fin de sa phrase, et je me mis à rire légèrement, amusé de son tempérament.

— Quoi ? Attends, tu dis ça sérieusement ?

— Oui, j'ai l'air de plaisanter ?

Elle me dit ça d'un air très sérieux, ce qui me fit encore plus pouffer de rire.

— Te marre pas ! Attends-moi ici. Il n'y a pas la queue chez vous.

— C'est normal, elle est entre nos jam…

— Taesong !

La brunette me donna une petite tape sur la tête avant de rouler des yeux, pendant que je riais ouvertement devant son air désespéré.

— Vous êtes tous les mêmes avec vos blagues pourries. Bon, je reviens.

Elle me sourit une dernière fois après avoir tout de même ri avec moi, puis elle fila, l'air de rien, vers les toilettes des hommes. Certains postés devant la regardèrent d'un air totalement incrédule, mais elle les salua d'un bref signe de main accompagné d'un de ses charmants sourires rayonnants. Et c'est quand sa silhouette colorée disparut derrière la porte que je me rendis compte que je souriais encore. Cette fille avait le don de réduire mon stress rien que par sa présence, et je me sentais plus à l'aise maintenant qu'on avait passé du temps ensemble. Mon ventre ne me faisait plus mal, et je n'étais plus anxieux. La seule excitation qui résonnait en moi était celle qu'allait générer le concert à venir. Finalement, c'est accompagné d'un sourire malicieux que je m'approchai des toilettes d'un pas assuré, les mains fourrées dans les poches de mon pantalon et le regard brillant. Je saluai d'un mouvement de tête les gars qui discutaient devant, esquissant un léger sourire en coin en ouvrant légèrement la porte pour que Wei puisse entendre ce que j'allais dire.

— Désolé, ma sœur, enfin mon frère, a un petit souci de pénis. Voyez-vous, il ne le contrôle pas bien pour le moment, c'est tout nouveau pour lui.

— Oh, Taesong, je vais te tuer.

Mon rire se déclencha aussitôt quand je l'entendis crier depuis sa cabine de toilettes, tandis que les gars devant moi me lançaient des regards interloqués. Quelques minutes après, Wei sortit l'air de rien pour me rejoindre, venant me donner une tape sur l'épaule accompagnée d'un doux sourire peint sur ses lèvres.

— Oh toi, je te garantis que si la danse sexy de Lisa ne t'achève pas, je m'en chargerai personnellement.

Nous rions en repartant à nos places, défiant du regard l'immensité du stade qui défilait à l'horizon. C'est face à tout ça que je réalisai subitement que je m'apprêtais enfin à vivre un de mes rêves aux côtés d'une personne que j'appréciais, et c'était tout ce qui me rendait heureux. Et comme je l'avais promis à Jaemin, je comptais bien profiter de cette soirée.

De ma soirée.

7
Touch me

Le silence.
Depuis que j'ai perdu la vue, je suis habitué à ce genre de silence visuel que peu de personnes connaissent. Mais le silence auditif, très peu. Entre Namkyu qui récite les phrases de ses romans préférés à tue-tête comme des incantations et Wei qui ne cesse de se disputer avec Jaemin, je n'ai pas de repos de ce côté-là. Du moins, c'est comme la plupart des gens. Le calme plat s'offre généralement à moi une fois que je suis dans mon lit, enfoncé sous la couette à mon maximum, prêt à dormir.

Alors, autant dire que quand j'annonce mon fun fact à Jongguk et que je n'ai aucune réaction de sa part, je m'inquiète. Je suppose que la plupart des gens se seraient questionnés sérieusement sur mon état mental, voire auraient appelé un hôpital psychiatrique. Je viens quand même d'annoncer que j'ai tué ma mère. De quoi en faire fuir plus d'un, je le conçois.

— Mec, t'es mort ? Tu sais, comme je suis aveugle, je ne peux pas voir si tu fais un AVC. Donc ce serait bien de faire du bruit. Même « gneu », ça me va.

Faire de l'humour dans une situation délicate, c'est ce que je fais le mieux, d'après moi. Enfin, après les lacets de Jaemin.

— Jongguk, c'est super inquiétant. Tu commences à baver ?

Je tends la main vers l'endroit où je suppose que son bras repose, mais il me repousse brusquement en se décalant vers le bout du banc à mon opposé. Par réflexe, je veux porter mon aisselle à mes narines pour voir si le problème vient de là, mais je me retiens. Visiblement, ce n'est pas ça.

— Laisse-moi deux minutes, Taesong.

Sa voix est devenue si sèche en seulement quelques secondes que je me stoppe dans mes gestes, piqué au vif. Ma main revient vers ma cuisse et je la pose sagement dessus en rejetant ma tête en arrière, vers le ciel lointain et sombrement invisible.

— Deux minutes pour quoi, Jongguk ?

Même en fixant le vide au-dessus de ma tête, je sens les yeux de mon vis-à-vis se poser sur mon faciès et m'observer, l'air incrédule, voire agacé.

— Tu viens de m'annoncer que t'as tué ta mère ! Tu crois que je vais me lever, me foutre à poil et danser une ronde pour te féliciter ?

— Eh, franchement, entre nous, l'idée de te mettre à poil n'est pas trop mal. Mais je ne pourrais pas en profiter à cause de…

Je pointe mon index vers mes yeux de manière explicite, haussant les épaules en même temps.

— Mais si ça te tient vraiment à cœur, vas-y. Sincèrement, je crois que ce sera la plus belle activité dont pourront profiter les arbustes plantés ici depuis des années.

— Putain…

Il soupire bruyamment, laissant mon imagination deviner qu'il se masse les tempes en même temps. Je suis terriblement agaçant quand je m'y mets, mais très concrètement, sans humour, je ne suis que l'épave vide que mon accident a créée. Et ce n'est pas très joyeux, si vous voulez mon avis.

— Jongguk, ma mère avait un très très gros problème. Enfin, non. J'étais son problème. Peut-être que ça fait cliché d'être le mec renfermé qui a plein de problèmes, mais honnêtement, je m'en fous pas mal. C'est la vérité. Elle a essayé d'attenter par deux fois à ma vie.

Une nouvelle fois, le silence accueille ma déclaration. Je garde mes yeux fixés sur l'horizon comme si ça pouvait me permettre de m'évader. Alors que non, ça fait bien un moment que je n'ai plus ce plaisir-là. Jongguk ne dit toujours rien, peut-être pour me signifier qu'il souhaite que je continue. Alors, tout simplement, je le fais. Et il ne semble pas s'en formaliser. C'est d'ailleurs bien la première fois que je me confie à quelqu'un d'autre qu'à mes amis. Et Jongguk… Jongguk n'est pas n'importe qui, pas vrai ? N'importe qui n'aurait pas su lire en moi comme il l'a fait il y a de cela quelques minutes. Et puis merde, ce mec a failli me faire chialer en détruisant les barrières que j'ai construites autour de moi depuis mon accident. Je peux bien me confier, je sais qu'il m'écoutera.

— Jongguk, je ne l'ai pas tuée volontairement, ne t'inquiète pas. Elle est morte dans l'accident de voiture qui m'a pris la vue ; je conduisais. Mais je ne suis pas aussi triste que je devrais l'être au fond de moi. Parce que je sais que si elle n'était pas morte, elle aurait fini par me tuer.

Je m'apprête à me taire, la gorge serrée en repensant à tout ce qu'on a enduré, elle et moi, mais la main délicate de Jongguk vient soudainement à la rencontre de ma cuisse. Elle se pose dessus de manière hésitante, comme une abeille qui apprendrait à butiner pour la première fois de sa vie. Il tapote légèrement ma jambe par de minuscules à-coups, et je sens dans son geste incertain qu'il vient d'abaisser une de ses propres barrières pour essayer de me rassurer.

Toucher quelqu'un.

— Jongguk…

— Vas-y, je t'écoute. Continue si tu en as envie. Si tu as besoin que je parle, je le ferai, mais sinon, je peux tout aussi bien me taire et juste écouter.

Malgré moi, malgré le fait que j'ordonne à mes joues de ne pas rosir sous son toucher délicat et attentionné, je me suis légèrement empourpré. Ma tête se détourne d'elle-même suite à ses paroles si douces, tentant de cacher le haut de mes joues comme je le peux. Il doit le voir, ce voile rose pâle qui recouvre mon épiderme, mais il ne dit rien, ne laisse rien paraître. Et qu'est-ce que je peux l'en remercier.

— Il était une fois un petit ovule non désiré, et une jeune femme refusant l'avortement. Ils vivaient tous deux dans une prairie verdoyante, cul-cul la praline à souhait, entourés de leurs amies les fleurs et du chant envoûtant des oiseaux.
— Taesong.
— Ouais, désolé.

Je toussote légèrement pour faire disparaître mon air de narrateur, avant de reprendre d'une voix plus calme et posée :

— Ma mère refusait d'avorter. Elle était contre le fait de tuer un enfant. Et le jour où le préservatif s'est déchiré et qu'un petit spermatozoïde a combattu corps et âme tous les autres pour aller faire la cour à l'ovule, elle s'est rendu compte que son choix allait faire basculer sa vie. Suite à cet accident, ma mère pensait tout simplement me mettre au monde en accouchant sous X. Mais comme tu t'en doutes, ça ne s'est pas passé comme prévu. Les petits coups de mes pieds et de mes mains dans son ventre, les faibles sursauts que je lui offrais quand j'avais le hoquet, et mon père qui venait souvent me parler à travers cette couche beige d'épiderme. Tout ça et bien plus, ça l'a fait m'aimer. Pour un court instant certes, mais ça a su la conforter dans l'idée qu'elle voulait me garder.

Le doigt de Jongguk, que je devine être son index, se déplace doucement sur le tissu de mon jean pour y faire des petits cercles, lents et doux. C'est terriblement apaisant. Pour une fois, je parle de tout ça le cœur léger, encouragé par mon interlocuteur sans qu'il ne me juge une seule fois. Même quand ma voix faiblit, sur le point de craquer, il est là. Son épaule touche la mienne, et son souffle caresse la peau de mon avant-bras nu grâce à sa tête penchée légèrement vers moi.

— Vers mes cinq ans, mes parents ont divorcé. Mon père n'aimait plus ma mère, et il a trouvé une autre femme avec qui partager sa vie. Il ne l'a pas trompée pour autant, voulant d'abord s'expliquer avec celle qui m'a mis au monde pour qu'ils puissent se séparer en bons termes. Je n'en ai jamais parlé avec ma mère, mais je sais que ça l'a détruite. Elle buvait beaucoup à ce moment-là, mais elle n'est pas tombée dans l'alcoolisme. C'est quelque chose de passager. Puis sans raison, du moins je n'en connaissais aucune, même si j'ai quelques idées, elle s'est mise à me détester. Ça a commencé par des insultes, mais comme en parallèle de tout ça, elle était gentille avec moi, je n'arrivais pas à la détester. Et puis je voyais mon père à côté, ça me faisait une petite pause, donc honnêtement, ça ne m'inquiétait pas plus que ça.

— Je vois. Enfin, je comprends ce que tu veux dire. C'est difficile de détester quelqu'un qu'on aime, surtout un parent, qui en plus fait preuve de gentillesse la plupart du temps. Parce qu'on se dit que ça va passer. Que malgré les crises de cet être qu'on chérit, ça finit par partir et après il redevient doux et aimant.

Je l'écoute me répondre. Sa voix paisible et sincère m'emmenant à des kilomètres d'ici, dans mes souvenirs les plus lointains. Ceux que j'ai cherché à taire au plus profond de mon être. J'y revois ma mère qui m'insulte et me frappe du plat de la main parce que j'ai mal fermé un tiroir ou mal rangé mes jouets. Ses yeux prêts à sortir de leurs orbites, son poing serré et la veine de colère apparente sur son front à deux doigts d'exploser. Oui, ça ne me manque pas.

— Mais ça ne passe jamais, ça finit toujours par revenir, je conclus d'une voix tremblante en tournant mes yeux perdus vers Jongguk, le cœur palpitant à l'idée de ce que j'allais lui demander. Bon… Tu comptes me laisser maintenant ?

Il semble pris au dépourvu par ma soudaine question, parce qu'il ne répond pas tout de suite. Est-ce qu'il réfléchit à la meilleure manière qui existe de s'enfuir, ou bien plutôt à une façon correcte d'être direct et de me dire gentiment d'aller voir ailleurs ?

— Oh, Taesong.

Jongguk a ce petit rire, apaisant, enfantin, qui me fait légèrement rougir. Merde, c'est qu'il est beau, son rire. Je souhaite l'entendre plus souvent. Et pendant que je suis perdu dans mon écoute de l'éclat de sa voix hypnotique, il me donne sa réponse d'un air légèrement amusé.

— Je n'en ai pas fini avec toi.

8

Illegal substance

L'odeur du thé aux senteurs estivales assaillit tout de suite mes narines, preuve irréfutable que Namkyu est assis dans son fauteuil au salon en train de lire avec une tasse posée sur la table basse. Retirant mon manteau après avoir passé la journée en compagnie de Jongguk, j'ai l'impression d'entendre mon cerveau marcher à toute allure. Je suis dans un état d'esprit que je n'ai plus connu depuis mon accident. C'est-à-dire : complètement perdu. Mes sentiments ne cessent de remuer en moi comme si quelqu'un s'amusait à les touiller avec une cuillère, me perturbant au plus haut point. Parler de moi, de mon passé, ça faisait un bon moment que je ne l'avais pas fait. Alors, tout ressortir d'un coup, ça m'a sacrément remué. Et puis, il n'y a pas que ça qui m'a secoué aujourd'hui. À peine déchaussé, je me mets aussitôt à appeler Jaemin d'une voix forte frôlant la colère.

— Jaemin ! Il est où ?
— Re coucou à toi aussi. Tu veux boire du thé pour faire passer ta soudaine colère ?

Namkyu, de sa voix aux légères sonorités profondes, s'adresse calmement à moi depuis le salon. Il doit sûrement être plongé dans un bouquin, et je sais qu'il se contient en son for intérieur pour s'empêcher de m'engueuler parce que je viens de le déranger.

— Ton rendez-vous galant s'est passé comm...
— Ce n'était pas un rendez-vous.
— D'accord, et donc, vous avez fait qu...
— Il faut que je voie Jaemin, maintenant, tout de suite. Désolé, Namkyu, tu vas rester sagement assis sur ton fauteuil

à lire et tu entendras plus tard les petits potins, comme tout le monde.

— Tu vas me parler autrement, bordel ?

L'intonation du plus âgé vient de monter de quelques octaves, poussée par le fait que je suis agaçant quand j'ai quelque chose en tête et que rien d'autre autour ne compte. Je soupire faiblement et m'avance jusqu'au salon, touchant les murs et les meubles par précaution. Je connais l'endroit par cœur maintenant, mais les garçons sont capables de déplacer quelque chose par inadvertance et ça peut grandement me perturber. Et déjà que je l'étais, inutile d'en rajouter.

— Désolé... Mais je sais que c'est vous qui avez appelé les deux gars du bus pour leur dire de me surveiller ! Me surveiller ! On aura tout vu ! Vous vous croyez dans une série policière ? À quel moment vous avez pensé que j'en avais besoin ?

— Tu n'en as pas eu besoin, Taesong ?

— La question n'est pas là. Je ne peux jamais rien faire tout seul sans qu'on me prenne la tête parce que je suis aveugle ! Ouvrez les yeux et admettez que je peux me débrouiller sans l'aide de personne ! Je peux aller à mon endroit préféré devenu un gouffre visuel comme un grand ! Arrêtez de me refuser ce genre de plaisir ! Vous n'êtes pas dans ma tête, vous ne savez pas à quel point c'est dur de vouloir à tout prix paraître encore normal aux yeux des autres ! Les regards accusateurs, les rires dans ton dos, les remarques désagréables, les bousculades, les chiens qui viennent pisser sur votre canne, tu ne connais rien ! Jaemin ne connaît rien ! Louper le trottoir, se casser la gueule, se redresser en ayant perdu ses repères, les joues rouges et le mot « honte » collé partout et en gros sur ton corps qui attire tous les regards sur toi. Tu sais ce que c'est ? Est-ce que tu le sais ?! Non, tu ne sais pas.

Je renifle faiblement, me rendant soudainement compte de l'eau salée qui coule sur mes joues. Je me sens idiot à pleurer comme ça, le cœur comprimé et mes émotions qui partent en vrille de tous les côtés. Je dois vraiment avoir l'air stupide à chialer tout seul, debout comme un imbécile, le visage tourné vers l'endroit où me semble se trouver Namkyu. Les perles humides qui dévalent mes pommettes me rendent encore plus honteux que je ne le suis déjà. Je tente de les rattraper, de les essuyer, de les faire disparaître, mais en vain. Elles sont toujours là à couler encore et encore. Épousant la forme de mon visage sans mon consentement. Stupide gravité. Elles ne peuvent pas simplement rester dans mes yeux comme elles le font tout le temps ?

— Taesong…

La petite voix douce et peinée de Jaemin résonne dans mon dos, mais je ne bouge pas, pinçant les lèvres pour retenir mes sanglots et les étouffer en moi jusqu'à ce qu'ils n'existent plus. Mais c'est peine perdue. Je tremble tellement fort sous la vague déferlante d'émotions qui m'envahit que même tenter de retenir mes larmes ne fait que me secouer comme si j'étais possédé. Mes poumons sont serrés si fort que ma gorge est prise de gargouillis effroyables. Mes mains, elles, sont plus que tremblantes et mes yeux si humides que je ne peux les fermer sans que des larmes ne s'échappent. Comme dans un état second, je perçois légèrement en arrière-fond les pieds du fauteuil de Namkyu racler le sol quand il se redresse d'un bond pour accourir vers moi. Une de mes mains se porte à ma gorge, voulant la griffer très fort et percer des trous à l'intérieur pour me permettre de respirer. Mais en vain, j'ai toujours cette lourde masse en moi qui comprime un coin de mes poumons.

Le pire, c'est que je suis complètement conscient de faire une crise d'angoisse, mais impossible de me calmer ni de faire comprendre à mon corps que ça va passer.

Et cela jusqu'à ce que je sente les petits bras de Jaemin venir s'enrouler autour de moi et sa joue s'appuyer contre ma colonne vertébrale, de manière presque irréelle, magique. J'ai l'impression d'étouffer sous un poids énorme et que, brusquement, on m'aide à respirer en me le retirant. Dans la tempête présente dans mon esprit, malgré les vagues virulentes qui fracassent les coques de mon cerveau, Jaemin est ce petit rayon d'espoir qui apparaît au dernier moment. Cet espoir qui vous dit que tout ira bien, et que la douleur finira par s'en aller. Cet espoir qui vous fait vous accrocher.

— Taesong, respire doucement. Je suis là, écoute ma voix. Il faut que tu te calmes et que tu inspires longuement, puis que tu expires. Namkyu, tu peux aller me chercher les écouteurs, s'il te plaît ?

Je ne le vois pas, mais j'entends le plus vieux de nous trois partir presque au triple galop vers la chambre de Jaemin. Mes oreilles sifflent légèrement, mon cœur bat à une allure anormale et la panique qui me secoue me fait tourner la tête. Je ne suis vraiment pas bien du tout. Mon cerveau doit être à bout pour exploser comme ça. Entre Jongguk qui a fait sauter une de mes barrières en lisant en moi comme dans un livre ouvert et mon retour dans mon passé pour lui parler de ma mère, tout s'explique. Je suis perturbé. Mais malgré mon état de transe, j'entends parfaitement la voix douce de Jaemin résonner près de moi, et je sens ses petites mains posées sur mon torse le caresser doucement pour tenter de me calmer.

Nous restons ainsi de longues secondes, voire des minutes interminables durant lesquelles je tente par n'importe quel moyen de me calmer. Je respire si bruyamment que même un taureau aurait pu être jaloux de moi. Jaemin se met à fredonner contre moi, sa douce voix résonnant contre le tissu de mon vêtement et mon dos. Mais rien ne marche, et ma tête me tourne de plus en plus. Je crois d'ailleurs que je vais finir par tomber à la renverse, à bout de force, mais Jaemin change soudainement de place. Il se déplace pour se faufiler entre mes bras, face à moi. Ses petites mains me lâchent pour venir se poser sur mes joues, et il les essuie en faisant mouvoir ses petits doigts sur ma peau trempée.

— Ne t'inquiète pas, je suis là, Taesong. Je suis là et Namkyu aussi. Calme-toi, tout va bien.

Namkyu revient à moitié paniqué au bout d'un certain temps, le souffle court comme s'il avait couru pour venir nous rejoindre.

— Désolé, je ne les trouvais pas, et j'ai du mal à défaire les nœuds et...

— T'inquiète pas, merci, Namkyu.

En deux temps, trois mouvements, Jaemin branche les écouteurs sur son portable, met les embouts dans mes oreilles, et lance une playlist. Bientôt, *Lovely* de Billie Eilish résonne dans mes oreilles, et je reconnais de suite quelle playlist Jaemin a utilisée. En même temps, il n'y en a qu'une seule intitulée « *Taesong soulmate* ». C'est celle qu'il a créée pour regrouper tous les sons qui m'apaisent et me calment, notamment pour ce genre de moments. Les premières notes entraînantes de la musique viennent caresser mes oreilles pour tenter de me faire voyager, et je finis par me mettre à respirer plus lentement au fur et à mesure que les minutes s'écoulent.

Oh, I hope someday I'll make it out of here
Oh, j'espère un jour que je m'échapperai d'ici
Even if it takes all night or a hundred years
Même si cela prend toute la nuit ou une centaine d'années
Need a place to hide, but I can't find one near
Besoin d'un endroit où me cacher, mais je n'arrive pas à en trouver un près d'ici
Wanna feel alive, outside I can't fight my fear
Je veux me sentir vivant, dehors je ne peux pas combattre ma peur

Jaemin caresse toujours mes joues d'un geste doux, et c'est un parfait mariage avec la mélodie qui résonne toujours en moi. Petit à petit, mon cœur ralentit, reprenant des battements normaux, tandis que la masse qui écrase un coin de mes poumons se fait lentement plus légère, jusqu'à disparaître complètement une bonne vingtaine de minutes après. Je suis toujours debout, les lèvres sèches, les mains moites, et je sens encore le regard de Jaemin planté dans le mien, éteint. Après avoir écouté une bonne partie de la playlist, je passe brièvement ma langue sur mes croissants de chair pour les humidifier avant de retirer avec mes mains tremblantes les écouteurs de mes oreilles. Je me sens tellement honteux d'avoir succombé de cette façon à la vague d'émotions qui m'a submergé que je baisse simplement la tête en reniflant bruyamment comme un gamin.

— Je t'ai préparé un verre d'eau. Bois, Taesong.

La voix apaisante de Namkyu résonne près de moi, puis il prend une de mes mains pour placer avec douceur le verre frais entre mes doigts.

— Merci.

— Tu n'as pas à avoir honte, pas avec nous.

Jaemin tente de me rassurer, tandis que j'ai le nez dans le récipient. Je me siffle tout le contenu en moins de deux, me rendant alors compte que j'avais vraiment soif.

— Wow, sacrée descente.

Namkyu rit en venant glisser une de ses grandes mains élégantes dans ma tignasse bouclée pour me taquiner et me faire sourire, ce qui finit par marcher.

— Merci d'être là.

Les mains de Jaemin tapotent gentiment mes joues, puis son doux rire rejoint ses paroles quand il me répond.

— Tu n'as pas besoin de nous remercier. C'est tout à fait normal d'être là pour toi.

Je suis toujours aussi honteux malgré leurs paroles réconfortantes, mais je finis par me détendre légèrement, laissant mes épaules s'affaisser. Jaemin prend ma main et m'aide à m'installer à ses côtés sur le canapé du salon, toussotant faiblement avant de prendre à nouveau la parole.

— Je suppose que tu as rencontré Yongso.

Pour toute réponse, je hoche la tête en fronçant les sourcils. Cette colère et cette honte qui m'avaient assailli dans le bus refont surface. Namkyu vient se poser à côté de moi, son bras se glissant autour de ma nuque, et je souris doucement en pensant que je suis vraiment bien entouré. Ils ne me jugent pas, ils sont juste là à me réconforter de la meilleure façon qui soit pour moi, soit celle qui consiste à être silencieux.

— Yongso et moi, on est sortis ensemble pendant les quelques mois qui ont précédé ton accident. On a rompu quelques semaines après que tu as eu perdu la vue, mais je ne voulais pas t'en parler parce que je n'avais pas envie de te casser la tête avec mes problèmes.

— Mais Jaemin, tu ne m'aurais pas…

— Taesong, je n'en ai pas envie, c'est tout. Puis Yongso n'était pas quelqu'un de fréquentable à l'époque.

— Jaemin, on parle du même Yongso ?

Namkyu intervient assez soudainement d'une voix couverte d'un léger voile d'inquiétude. Je manque de sursauter en l'entendant parler d'un ton si réprobateur, avant de froncer encore plus les sourcils que précédemment, curieux.

— Tu sais, Namkyu, il n'y en a pas trente-six des Yongso, et heureusement d'ailleurs, sinon on serait dans la merde. Ce n'est pas un prénom très courant.

— Qu'est-ce que j'en sais, moi.

— Donc oui, c'est LE Yongso auquel tu penses. Maintenant, laisse-moi parler, arrête de me couper, c'est ultra agaçant.

— Mais il a quoi CE Yongso ? Et pourquoi tu le connais, Namkyu ?

Ignorant leurs enfantillages, j'interviens d'une voix claire pour couper court à leur micro dispute de gamins.

— Eh bien, CE Yongso…

— Jaem, arrête d'appuyer sur la syllabe. On a compris que c'est ton dieu, ce gars.

— Namkyu, arrête de me couper !

J'explose de rire sans parvenir à me contrôler en me foutant clairement de leur gueule. Ils sont en train de s'engueuler pour un truc si minime que c'en est juste hilarant.

— Les mecs, arrêtez-vous deux minutes. Je veux savoir !

J'entends Jaemin grogner en signe d'agacement, mais venant de lui, ça ressemble plutôt à un miaulement de chat.

— Aww, Jaemin ronronne.

— Namkyu, je vais te…

— Bon, on en est à Yongso !

Ma voix les coupe à nouveau, tandis que je m'étale sur Namkyu pour l'écraser et l'empêcher de parler, posant mes jambes sur les cuisses musclées de Jaemin par la même occasion pour le faire chier aussi.

— Le premier qui me coupe, je vous jure que je vais…

— Mais accouche, Park !

— Namkyu, je vais…

— Jaem, allez !

J'enfonce légèrement mes orteils dans son ventre musclé en riant pour l'encourager à parler. Ce qui semble marcher d'ailleurs, parce qu'il pouffe en repoussant mes pieds.

— Min Yongso est un gars que j'ai rencontré quelques mois avant ton accident, Taesong. On s'est vu pour la première fois dans l'ancienne boîte de nuit dans laquelle je bossais à l'époque. Beau blond, l'air froid, intrépide, mystérieux. Je ne pense pas avoir besoin de vous le décrire plus que ça pour que vous vous rendiez compte de quel genre de type c'est.

— Le bad boy du lycée ?

— C'est à peu près ça, Taesong.

— Sauf que le bad boy en question dealait de la drogue.

Les paroles sèches de Namkyu ont sans doute pour but de rappeler inconsciemment à Jaemin son erreur. L'erreur qu'il a faite en sortant avec un type comme ça. Quant à moi, je n'ai rien à dire. Et je ne veux rien dire, même si je suis choqué par cette révélation. Yongso a dû se repentir pour ne plus baigner là-dedans et être encore en contact avec Jaemin. Connaissant ce dernier, et sachant qu'il se sépare des gens qu'il juge problématiques pour lui, Yongso est sûrement revenu sur la bonne voie.

— Je sais, Namkyu, mais c'est du passé. Ça fait plus d'un an qu'il est clean et propre sur lui. Il a réussi à s'en sortir, c'est derrière lui tout ça.

— Mh… Excuse-moi, mais je me méfie quand même.

— Yongso m'a défendu dans le bus. Je l'aime bien.

J'ai simplement besoin de dire ce que je pense de mon côté. Ce Yongso, peu importe qui il est, m'a défendu sans employer la violence. Et ça, c'est juste remarquable. Ancien dealeur ou pas.

— Il a le don pour ça. Défendre les gens à sa façon.
— Jaem ?
— Oui, chaton ?
— M'appelle pas comme ça !

Jaemin lâche un faible rire en m'entendant râler, puis il vient se mettre près de moi.

— Qu'est-ce que tu veux me demander, Taesong ?
— Pourquoi tu as rompu avec lui ? Tu l'aimais fort, non ? Je me souviens que tu étais particulièrement heureux à cette époque. Mais tu cachais aussi beaucoup tes émotions.

Un léger silence accueille mes mots, rompu par le bruit que fait Namkyu quand il bouge en dessous de moi pour attraper tant bien que mal sa tasse. Il en boit une gorgée dans un bruit d'aspiration peu agréable, avant de la reposer sur la table basse, l'air de rien. Jaemin finit tout de même par soupirer en brisant le calme pesant autour de nous, avant de se lancer à nouveau en se mettant à jouer avec le bas de mon T-shirt.

— Yongso et moi... Comment dire... C'est ma plus grande histoire d'amour. Je ne voyais que lui. Quand il frôlait à peine ma peau, me regardait, me souriait, remettait ses cheveux en place ou même quand il bâillait, il était formidable. Dès que nos regards se croisaient, je m'enflammais. Mon ventre me brûlait, mes paumes devenaient moites, bref, j'étais fou de lui. Ce soir-là, dans cette boîte, il n'y avait absolument que lui. Les gens alentour, la musique, les cris, les rires, tout disparaissait quand je posais mes yeux sur sa silhouette. Il était le plus beau de tous à mes yeux. Dans ses pupilles brillantes et reflétant les lumières du plafond, je voyais une galaxie faite d'étoiles qui se répercutait à l'infini. Et même quand j'ai appris qu'il vendait de la drogue, quand j'étais en plein dans les emmerdes avec lui, je l'aimais encore plus fort. Je voulais le protéger, le couvrir d'amour. Quitte à moi-même en souffrir. Notre relation était affreusement toxique, en réalité. Elle était basée sur une substance illicite qui a fini par avoir raison de nous.

Pendant que Jaemin se livre sur une des choses enfouies en lui qu'il ne m'a jamais dites, mes doigts fins se promènent à travers ses mèches soyeuses. Je ne peux rien faire, d'autant plus que tout ça, c'est du passé. Mais ressentir l'émotion dans sa petite voix toujours joyeuse, ça me fait mal au cœur. Il l'aime encore, ce Yongso. Il l'aime et il a vécu quelque chose de puissant avec lui. Ça se ressent dans sa façon de parler de leur couple et des moments qu'ils ont passés ensemble. Je suis d'ailleurs compréhensif mais triste qu'il ne m'ait jamais parlé de cette relation, bien que tout ça le regarde.

— Quoi qu'il en soit, je préférais rester discret avec vous. Je savais que c'était mal, lui, moi, nous. D'autant plus le fait qu'il dealait. C'était néfaste, et on le savait. Malgré sa vie nocturne, Yongso m'aimait. On n'entretenait pas ce genre de relation où le mec le plus bad boy des deux se sert de l'autre et ne ressent rien. Non. Yongso n'est pas une pierre. Il aime, il ressent, il éprouve, il protège. Avant tout, il voulait me protéger de tout ça. De ce monde dans lequel il avait fini par sombrer, il ne souhaitait que le meilleur pour moi. C'est en partie pour ça que je ne voulais pas vous en parler. On devait être assez discrets, il refusait de me mettre en danger en donnant une opportunité à ses clients et ses employeurs de découvrir une de ses faiblesses. Et puis, si vous l'aviez su dès le début, vous auriez voulu le rencontrer, en savoir plus, l'inviter à nos soirées foireuses.

Namkyu lâche un petit rire près de mon oreille en glissant ses bras autour de mon torse pour me serrer contre lui comme si j'étais un doudou.

— Il aurait fui devant nos soirées, c'est clair.

Jaemin approuve en riant lui aussi avant de changer de position près de moi pour remonter légèrement et placer sa tête contre mon épaule.

— Tout ça pour dire qu'on était vraiment heureux à cette époque-là, et que si vous ne m'avez pas beaucoup vu, c'est justement parce que j'étais toujours à l'appartement de Yongso.

— Mais comment Namkyu est au courant ?

— Oh ça ! En fait, un jour, je suis passé chez lui un peu à l'improviste pour qu'il vienne m'aider à réparer le robinet de ma salle de bains parce qu'il fuyait. Et quelle magnifique surprise que de découvrir un Park Jaemin tout beau et tout bien lustré face à son miroir qui était en train de se colorer les joues ! Donc j'ai forcé et il m'a tout dit.

Le plus âgé éclate de rire en disant ça, ce qui nous vaut un grognement de la part de Jaemin. Mais le connaissant comme ma poche désormais, je sais qu'il sourit, les joues légèrement gonflées de gêne.

— On allait pour la première fois au restaurant ! C'est super important ma tenue et mon maquillage !

Il tente de se justifier en riant pendant que j'ébouriffe gentiment ses cheveux.

— Jaem, t'es beau sans rien faire, de toute façon !

— Mais non, pas du tout !

— Ooh, tais-toi. Je te dis que tu l'es !

Il râle encore une fois contre mon torse avant de se redresser à nouveau pour venir mettre son visage contre mon cou, écrasant au passage quelque chose de non identifié appartenant visiblement au corps de Namkyu, au vu de sa réaction immédiate.

— Aah c'est mes boules !!

Jaemin se met à rire de manière plus forte et si communicative que je ne peux que le suivre à nouveau jusqu'à en avoir mal aux côtes et aux joues tant je m'esclaffe. C'est si bon de rire, si bon d'oublier pourquoi on se marre, là, tous ensemble sur ce canapé, empilés comme des boîtes de conserve mais heureux comme tout.

On oublie vite le soudain retour de mes crises d'angoisse et ce que ça signifie. Il n'y a que nous trois, notre joie et les murs de l'appartement qui contiennent tout ça. On remue les uns contre les autres en se marrant toujours autant. Les crampes dans nos ventres se font plus prononcées quand notre fou rire général s'accentue, et c'est dans ce genre de moments qu'une seule et même pensée me traverse. Celle qui me dit de vivre tout simplement, et de ne me soucier de rien d'autre. Vivre tant que je le peux. Parce que rien ni personne n'est immortel. Du moins, j'ai la très grande conviction que nos moments de joie l'étaient, eux, sauf quand quelqu'un venait nous couper en plein dans nos délires.

Trois coups résonnent soudainement contre le bois de la porte d'entrée, des coups nets et précis que je perçois à travers nos éclats de rire. Le premier à se taire est Namkyu, qui plaque ensuite sa grande main sur les lèvres de Jaemin pour l'inciter à se taire lui aussi. Pour ma part, je suis déjà bien trop curieux et je cesse de rire à l'instant même où le premier coup retentit.

— Taesong, c'est Jongguk. Je suis venu comme convenu.

9

Bloody eyes

— Pourquoi tu l'as invité ? T'aurais pu nous prévenir !

Une fois que Namkyu me relâche pour que je puisse me redresser, je m'empresse de filer vers la porte d'entrée pour aller ouvrir à Jongguk.

— Parce que je veux passer la soirée avec lui, et vous le présenter. Mais en rentrant, ça m'est un peu sorti de la tête. Jaem, tu veux bien dire à Wei de venir, s'il te plaît ?

Sur ce, même si je sais qu'ils sont tous deux confus face à ma soudaine nouvelle, j'affiche mon plus grand sourire en actionnant la poignée.

— Hey, Taesong.

— Salut, humain que je ne vois pas. Entre !

Je ne tarde pas à m'effacer dans l'entrée pour qu'il puisse nous rejoindre tranquillement, et je pousse du pied le tapis toujours aussi entravant qui se trouve face à la porte.

— Fais pas attention au bordel. C'est à Namkyu de faire le ménage, mais comme tu peux le constater, il ne l'a pas fait.

— Hein ? C'est à Jaemin !

Le plus vieux s'offusque de manière si bruyante depuis le salon où il est toujours que je sursaute et manque de me casser le nez en trébuchant sur cette immonde carpette.

— Eh non mais t'es chié toi ! C'est votre appart', pas le mien.

— Non mais ne vous inquiétez pas, ce n'est que moi, et puis je ne suis pas non plus un inspecteur de l'hygiène et de la propreté.

Jongguk intervient en riant doucement près de moi, puis sa main vient s'enrouler gracieusement autour de mon avant-bras, comme pour m'aider à me stabiliser sur le sol de l'entrée.

— Merci.

Je suis clairement encore plus rouge qu'une tomate suite à son geste, allant vers le salon en courant à moitié pour cacher ma gêne soudaine.

— Bon… Viens, Jongguk, mets-toi à l'aise ! Voici mon petit chez-moi que je partage avec Kim Namkyu ici présent. Comme je ne vois pas où il est, dis-toi juste que c'est le plus gigantesque de nous tous. Et ensuite, il y a Jaem aka Park Jaemin ! Lui, par contre, est le plus minuscule. Mais on s'adapte !

— Je t'emmerde, Taesong.

— Cool, Park, je m'en fous, je ne te vois pas, donc c'est comme si tu n'avais pas répliqué.

Jongguk lâche un petit rire devant nos enfantillages en me suivant dans la pièce commune de l'appartement. Mais subitement, après avoir passé le marquage imaginaire qui délimite le salon de l'entrée, il se tait. Aussi spontanément qu'il a commencé à rire, il s'arrête.

Qu'est-ce qu'il lui arrive ? Mon salon n'est pas à son goût ?

Je suis à deux doigts de lui demander ce qui cloche quand Namkyu, encore pourvu d'yeux et qui, par conséquent, est plus apte à voir pourquoi Jongguk s'est arrêté de rire, me devance.

— Vous vous connaissez, tous les deux ?

— Non.

Jaemin répond d'une voix un peu trop sèche à mon goût. J'ai peut-être perdu mes yeux, mais je ne suis pas stupide. D'autant plus que je connais Jaemin mieux que personne, hormis Wei et Namkyu. C'est évident qu'il nous cache quelque chose. Pourquoi ? Il a sans aucun doute ses raisons. Mais je suis assez froissé qu'il ne m'en ait pas parlé. Jaemin a beau être quelqu'un de très tactile, d'ouvert d'esprit et de super sociable, il se tait la plupart du temps sur tout ce qui le concerne profondément. Je ne peux pas le blâmer pour ça, surtout quand je fais la même chose avec mes propres sentiments et émotions. Mais comme il a été là pour moi, je veux simplement lui rendre la pareille. Et même si c'est un des êtres les plus adorables du monde, quand il explose à force de tout contenir dans son petit corps, croyez-le ou non, ça fait des ravages. C'est pour ça qu'il est important quelquefois de le bousculer un peu pour lui faire cracher le morceau. Mais pour l'instant, ce n'est pas le bon endroit ni le bon moment pour lui parler.

Je hoche donc la tête, enroulant un bras autour des épaules de Jongguk après avoir tâtonné un peu dans le vide pour le trouver. Je manque d'ailleurs de le frapper, mais il ne semble pas s'en formaliser.

— Peu importe. Jongguk, voici Jaemin, et Jaemin, voici Jongguk. Jaem, tu as dit à Wei de ramener ses fesses ici ?

— Ouais, elle arrive dans cinq minutes, elle fait des courses à côtés.

Il parle d'une voix légèrement pâle, voire éteinte, et j'aurais tout donné à ce moment-là pour retrouver mes yeux et regarder ce qu'il se passait sous mon nez. Est-ce que Jongguk tire la tronche lui aussi ? Est-ce qu'il est aussi mal à l'aise que semble l'être Jaemin ? Qu'est-ce qui les lie tous les deux pour que ce soit aussi malaisant entre eux ?

— Je ne veux pas dire, mais vous tirez des têtes de déterrés, là. Sauf Taesong, mais bon, lui, c'est naturel. Vous voulez une bière ? Jongguk ?

— Oui, je veux bien, Namkyu.

Le grand gaillard qu'est Namkyu semble satisfait par sa réponse, alors il s'empresse de filer en cuisine en tirant Jaemin avec lui que j'entends soudainement râler.

— Mais t'as pas besoin de moi pour aller chercher des bières !

— Si, c'est trop lourd pour mes pauvres doigts, et ça te fera pas de mal de bouger un peu. Regarde-toi, tu commences à prendre du bide.

— Connard.

Jaemin rit en s'éclipsant avec le plus âgé, nous laissant seuls Jongguk et moi, comme nous l'avons été plus tôt dans le parc. Et étrangement, ça me stresse. Après toutes les révélations que je lui ai faites, je ne pensais pas qu'il accepterait de venir passer la soirée avec nous. Du moins, pas de sitôt. « Je verrai », m'a-t-il simplement dit. Pour moi, c'était un « non » camouflé, mais visiblement pas, puisqu'il est là, à quelques pas de moi, en chair et en os. Et d'ailleurs, je ne tarde pas à être gêné de plus belle quand sa main aux longs doigts délicats se pose sur mon front.

— Taesong, ça va ? T'es un peu rouge.

— Aaah oui !

Je le repousse un peu brusquement sur le coup, faisant un pas pour m'éloigner de lui. Mais ma tentative de fuite ne sert à rien, juste à me ridiculiser, puisque je tombe en avant par-dessus l'accoudoir du canapé pour m'étaler sur les coussins du sofa.

Eh merde.

J'ai le cul en l'air sous le nez de Jongguk, et je l'entends librement pouffer non loin de là.

— Tu as peur de moi ou quoi ? Viens par ici.

En riant toujours, il m'aide à me redresser, même si je suis encore plus rouge que la couleur elle-même. C'est terriblement embarrassant. Je ne sais plus où me mettre et j'espère juste que Namkyu et Jaemin reviendront vite pour me tirer de là. Qu'est-ce qu'il m'arrive, bon sang ?

— Tu es nerveux ?

— Qui ? Moi ? Jamais.

Je secoue la tête et ma main devant moi en riant pour nier ce qu'il dit, mais le bruit sortant de ma gorge ressemble plus à un cri étouffé qu'à autre chose.

— Taesong, si tu préfères, je peux repasser un autre jour. On dirait que tu vas exploser tellement tes joues sont rouges. T'es sûr que ça va ?

— Certain oui, j'ai juste super chaud. On s'est un peu chamaillé juste avant avec Namkyu et Jaem, c'est tout.

— C'est pour ça que tu as pleuré ?

Aïe. Froncement de sourcils. Pincement des lèvres. Comment est-ce qu'il sait ? C'est à ce point visible sur ma peau ? J'envisage de dire non, de tout nier pour qu'il me foute la paix, mais ça ne servirait à rien. Il aurait pu me sortir tout un panel de mots, mais il choisit de dire « tu as pleuré ». Preuve irréfutable qu'il l'a remarqué. Et il est donc inutile que je mente pour ne pas m'enfoncer davantage.

— Un peu... Jaemin m'a marché sur le petit orteil.

Bon, je ne suis pas non plus obligé de dire toute la vérité, n'est-ce pas ?

— Et un grand garçon comme toi aurait pleuré de manière si violente pour si peu, de façon à ce que ses yeux soient aussi rouges ?

— Mes yeux sont noirs, et ce à jamais. T'es daltonien ?

— Joue pas avec ça, Taesong, tes yeux sont normaux. Ils sont juste rouges, là. Et ton nez aussi.

Ma langue passe nerveusement sur mes lèvres pour tenter de les humidifier suite à ses mots. Est-ce qu'il a raison ? Il ne dit pas ça pour me rassurer, au moins ? Même si ça semble stupide, je n'ai jamais voulu savoir comment étaient mes yeux après mon accident.

Même après avoir passé presque deux ans en rémission dans un centre pour aveugles à apprendre des gestes simples mais nouveaux pour moi tels que marcher, me vêtir, manger, etc., je n'ai jamais osé demander aux garçons et à Wei comment étaient mes yeux. J'ai simplement peur de ce qu'ils pourraient me dire. Ça n'aurait rien changé, certes, mais je n'ai pas envie de me dire qu'une des attractions principales de mon visage est devenue une monstruosité. Alors je n'ai jamais posé la question, jusqu'à maintenant. Parce qu'étrangement, Jongguk, par sa simple présence, me fait me sentir en confiance. Je me sens rassuré, protégé, écouté.

— Ils sont... Ils sont comment ?

Ma voix ressemble terriblement à celle d'un petit garçon apeuré, et j'ai honte de réagir ainsi. Mes yeux sont mes yeux, peu importe à quoi ils ressemblent, je ne les vois pas. Alors pourquoi est-ce que ça me fait tellement peur ? Je le sais, pourquoi. Et je me déteste d'avoir ainsi peur du regard des autres. Déjà que je suis aveugle et écarté de la « normalité » dans laquelle les gens s'enferment, si en plus mes yeux sont injectés de sang, c'est la cerise sur la tartiflette. Ils ne me verront jamais comme leur égal. Une personne de leur rang. Je serais simplement une sorte de monstre en situation de handicap.

— Taesong, ne t'inquiète pas.

Le doux rire de Jongguk parvient plus près de moi, me faisant ainsi comprendre qu'il s'est approché pendant que j'étais perdu dans mes pensées. Il est si proche que je sens son souffle caresser mes joues quand il parle.

— Tes yeux sont magnifiques.

— Tu dis ça parce que tu me connais.

Comme un enfant, je fais la moue, refusant que l'on me dise quelque chose de faux sous réserve que l'on est ami avec moi.

— Je ne dis pas souvent aux gens que leurs yeux sont magnifiques, tu sais. Je pense que ce serait même un peu creepy.

— Mh... Peut-être, mais alors ne dis pas qu'ils sont magnifiques. Il y a beaucoup de sang dedans ?

Je veux savoir. Je veux qu'on me dise enfin si oui ou non je suis devenu immonde. Une atrocité. Parce que ce jour-là, le jour de mon accident, quand je conduisais tout en me disputant avec ma mère sur mon avenir, je n'ai pas fait attention au fait que ma ceinture n'était pas attachée. Cette foutue ceinture qui sauve des vies, comme ils le disent à la télé. Je ne le croyais pas, jusqu'à ce que je le vive pour m'en rendre compte. J'aurais pu crever, ce jour-là. J'aurais pu. Mais à la place, je suis passé par le pare-brise pour aller me fracasser des mètres plus loin sur le bitume. J'étais mort. Pendant une fraction de seconde, du moins. Puis une douleur lancinante m'a transpercé le crâne. Oh, qu'est-ce que j'aurais aimé crever. Je l'ai souhaité de toutes mes forces, que cette douleur atroce qui torturait l'intérieur de ma tête cesse.

Mais miracle, ou pas, j'ai survécu. J'avais percuté un camion sur une route où il y a beaucoup de passage, et de ce fait, les secours ont pu intervenir rapidement. Des jours après, alors que ma tête reposait dans un bandage qui me grattait et me faisait ressembler à une momie, j'ai enfin su ce qu'il m'était arrivé. Les médecins ne cessaient de murmurer à mon père ce que j'avais eu, comme si moi, le patient, la victime de cet accident, n'avais pas le droit d'être mis au courant. Comme si ça allait vraiment changer quelque chose, de toute façon. J'étais à moitié mort dans un lit qui n'était même pas le mien. Alors qu'est-ce qui pouvait être pire, au juste ? Mais quand on pense que rien ne peut être pire, ça le devient.

J'étais vivant, mais j'avais perdu mes yeux. Être vivant, mais sans voir. Chouette retour à la vie, Taesongie chéri.

Syndrome de Terson. Hémorragie intravitréenne. Rupture d'anévrisme.

Trop de mots bien compliqués pour une petite chose. Mais ce n'est pas encore le moment d'entrer dans les détails, alors, en somme, j'ai eu une rupture d'anévrisme qui m'a provoqué une saleté d'hémorragie dans les yeux et m'a rendu aveugle. Oui, je sais, bon appétit.

En soi, c'était du passé désormais, mais je craignais que cette hémorragie rende mes yeux rouges à cause du sang qui s'est littéralement baladé à l'air libre dans mon crâne.

— De sang ?

Jongguk me tire brusquement de mes souvenirs affreux en posant ses mains sur mes joues, d'un geste empli d'une douceur incomparable.

— Taesong, il n'y a pas de sang dans tes yeux, ils sont normaux. Ils sont sublimes. Tu es sublime.

Très sincèrement, sur le coup, je ne prête pas attention à sa dernière phrase. J'ai comme l'impression qu'un poids se retire de mes épaules. Alors je n'ai rien ? Mon visage est normal ? Je manque de pleurer de joie et de soulagement en tombant à moitié dans les bras de Jongguk, tandis que la pression engendrée sur mes nerfs s'évapore. Il caresse toujours mes joues, son corps proche du mien, et c'est réellement apaisant. Comment fait-il pour avoir des mots doux et réconfortants à mon égard alors qu'on se connaît à peine ?

— Eh voilà ! Raah, Namkyu, je te l'avais dit ! Même pas cinq minutes tout seuls et ils se roulent des pelles à n'en plus finir !

— Les gars ! Pas question de vous entendre vous envoyer en l'air ici ! Vous irez vous trouver un autre appart, rien à foutre.

Je ris en même temps que Jongguk, pendant que Namkyu râle près de moi comme un gamin. À contrecœur, je me recule de l'aura douce de Jongguk, la chaleur présente sur le haut de mes oreilles témoignant de mon rougissement soudain.

— Sinon Gukkie, je sais que t'aimes la bière aux fruits rouges, alors je t'ai pris une ruby.

Jaemin parle calmement, alors que je tilte au surnom qu'il vient de lui donner.

— Gukkie ?

J'ai l'impression d'avoir dit une énormité vu le gros blanc bien pesant qui vient s'installer entre nous quatre. Et la cause n'est rien d'autre que les deux garçons qui taisent leur relation. Il faut sérieusement que je sache ce qu'il s'est passé entre eux. Je suis d'une part bien trop curieux, et d'autre part je veux comprendre pourquoi Jaemin a nié tout à l'heure le fait qu'ils se connaissaient déjà.

— Les mecs, soit vous vous expli…

Le son strident de la sonnette résonne soudain dans tout l'appartement, coupant Namkyu en plein milieu de sa phrase.

— Eh, les gars, ouvrez-moi ! Mes sacs sont lourds, j'ai pris des pizzas ! Sois un parfait gentleman, Jaemin, et viens m'aider !

— Pourquoi toujours moi ?

Jaemin marmonne mais finit par filer en trottinant vers la porte pour aller ouvrir à Wei, qui rentre quelques secondes après en poussant un lourd soupir d'aise quand Jaemin lui apporte son aide.

— Merci, c'est super lourd ! J'ai cru que j'allais perdre un bras.

— T'aurais pu me le donner, j'en ai marre de me traîner ma canne à l'extérieur. Avec un vrai bras, ça aura fait tellement plus stylé !

— Les pauvres enfants qui t'auraient croisé auraient eu super peur. T'es glauque quand tu t'y mets.

— Mais que veux-tu, Namkyu, tu m'aimes ainsi.

Je peux presque voir Namkyu rouler des yeux suite à ma remarque, ce qui me fait grandement sourire. Une fois les sacs de courses de Wei vides et la nourriture éparpillée un peu partout sur la table basse et le sol de l'appartement, je peux enfin la présenter comme il se doit à Jongguk. Elle le bombarde littéralement de questions pour savoir où il vit, ce qu'il fait comme études, pourquoi il m'aime bien et apprécie passer du temps avec moi.

— C'est si difficile que ça de m'apprécier ?! Et on n'est pas en couple, pour la douzième fois depuis le début de cette soirée ! Arrête de lui demander si je suis un bon coup !

Je reprends une gorgée de bière, assis en tailleur entre Jaemin et Jongguk. Je n'arrête pas de boire pour faire passer cette couleur cramoisie que je sens posée sur mes joues. Pourquoi faut-il qu'ils me mettent tous mal à l'aise en voyant en nous deux une pseudo relation naissante ?

— Vous n'êtes peut-être pas en couple, mais vous ne vous lâchez pas depuis tout à l'heure. On dirait deux siamois, là. Prenez une chambre, si vous voulez.

— Ce n'est pas ma faute si t'es jaloux, Namkyu. Mais bon, au pire, je peux t'offrir un peu de plaisir pour te retirer ta jalousie et compenser.

Jaemin explose de rire à côté de moi et je sens des gouttes de sa bière passer par-dessus son verre et venir s'écraser sur mon pantalon.

— Mec, ne me tente pas. Je ne vais clairement pas dire non.

J'esquisse un grand sourire en faisant mine de me lever.

— Bon alors, on y va ?
— Je te suis.
— Mais pour de vrai ?

Jongguk semble soudainement décontenancé face à notre discours, voire à moitié paniqué. Je ris à mon tour comme Jaemin précédemment en posant une main sur sa tête pour la tapoter gentiment.

— Non, ne t'inquiète pas. C'est notre code secret entre nous pour dire qu'il n'y a plus de bières et qu'il faut refaire le stock !

— Bon, Taesong, bouge, Wei s'empiffre toutes les parts de pizza et il n'y en aura plus à notre retour si tu ne te dépêches pas !

— C'est moi qui ai payé ! Et y en a deux autres au four !

Je l'entends se munir de quelque chose sur la table basse, et après avoir entendu Namkyu grogner parce qu'il s'est pris une capsule de bière dans le front, je ris de plus belle en le rejoignant dans la cuisine.

— Les femmes sont folles, ma parole.
— Ouais, mais c'est les meilleures.
— Taesong, tu deviens hétéro ? Et le plaisir charnel que tu me dois ?!

Je frappe son épaule qui se trouve à proximité de moi en gloussant avec lui tandis qu'il sort les bières fraîches du frigo.

— Je ne coucherai pas avec toi, Namkyu, t'es pas du tout mon type.

— Et c'est quoi ton type ? Ce ne serait pas le petit Gukkie, là, par hasard ?

Ni vu ni connu, j'encastre ma tête dans le frigo à la recherche de quelque chose d'imaginaire, refusant catégoriquement que mon meilleur ami découvre mes pommettes à nouveau rougies. C'est quoi ce mécanisme qui fonctionne depuis plusieurs minutes ? Je ne rougissais pas autant, avant.

— Qu'est-ce que tu fous ? Ça te donne chaud de parler de lui au point de mettre ta tête dans le réfrigérateur ?

— Ferme-la, je cherche une glace.
— Oh bah ça tombe bien, il peut sûrement t'en offrir une lui auss…
— Namkyu !!

Le plus âgé pouffe de rire avant de vite retourner dans la pièce commune, brandissant sûrement les bières avec fierté au-dessus de sa tête puisqu'il se met à gueuler :

— J'ai le fameux butin !

Me munissant des bouteilles restantes sur la table de la cuisine, je ne tarde pas à le rejoindre en allant déposer mon butin à moi sur la table basse, prenant une part de pizza avant de venir littéralement m'échouer sur Jaemin. Il ne semble pas s'en formaliser, glissant même ses bras autour de moi pour me garder près de lui.

La soirée se passe ainsi tranquillement, baignant dans une ambiance douce et apaisante malgré le fait que certains d'entre nous soient particulièrement alcoolisés. Je soupçonne Jongguk de se modérer pour faire bonne figure devant mes amis, mais quand Namkyu commence à clamer tout haut que c'est lui qui fait les pets les plus forts et les plus pestilentiels, on s'est tous un peu plus décoincé. Jongguk s'entend à merveille avec les trois autres, se collant même vers les coups de minuit à Wei pour rire près d'elle en écoutant Jaemin parler de la plus grosse araignée qu'il a vue de sa vie. Et même jusqu'à tard dans la nuit, nous avons parlé de tout et de rien, encouragé par Namkyu qui nous contait des anecdotes inutiles, telles que comment, une fois, il a fait tomber son téléphone dans le fleuve Han pour voir si oui ou non il allait flotter à la surface, et pendant combien de temps.

Je me dis qu'il devait être pompette ce jour-là aussi, ce qu'il a d'ailleurs confirmé.

En somme, c'est une soirée parfaite. Jongguk peut sembler au premier abord introverti, dans son monde, et c'est peut-être ce qu'il est à cause de son hypersensibilité. Mais une fois qu'on le booste un peu, c'est une tout autre personne qu'il devient. Il rit joyeusement, se mélange au groupe pour aller embêter tantôt Namkyu, tantôt Wei, et même moi. Et malgré le léger froid qui semble régner entre lui et Jaemin, ils font tous deux abstraction de ça, se marrant ensemble et faisant des culs-secs côte à côte sous les encouragements de Namkyu.

Ce soir-là, j'aurais pu donner énormément de choses rien que pour les voir heureux comme ça tous ensemble, ne serait-ce qu'une fraction de seconde. J'aime cette complicité qui naît petit à petit entre eux tous. C'est en partie pour ça que je n'ai pas trop bu, parce que je veux pleinement apprécier le déroulé de la soirée.

Notre petite fête se termine tout de même vers deux heures du matin, Jaemin tombant raide mort entre mes bras. Namkyu squatte le canapé après avoir viré les cartons de pizza qui se promenaient dessus, puisque son état ne lui permet pas d'aller plus loin, et Wei la chambre d'ami. Jongguk est quant à lui avec nous. Le lit de la chambre est pour deux personnes, et à trois, c'est un peu galère de tous rentrer dedans. Mais heureusement, Jaemin a trouvé la solution idéale, qui consiste à dormir carrément sur mon torse. Je ne dis rien parce que ça ne me dérange pas, mais quand son genou s'appuie sur mon entrejambe, je lâche un grognement de douleur en le repoussant doucement. Il glisse vers le côté de Jongguk de manière peu élégante. Ce dernier le prend comme doudou en remuant près de moi, et je le laisse faire, étant de toute façon trop fatigué pour faire quoi que ce soit.

C'est donc ainsi que nous avons passé le reste de la nuit. Moi emmitouflé dans la couette, et Jaemin empêtré avec Jongguk. Et je suis heureux de voir que ce dernier semble vraiment bien s'entendre avec les personnes les plus importantes de ma vie. C'est tout ce que je souhaite pour le moment.

Et c'est bien parti pour.

10

Love, hamburger and calories

Yongso

— Alors ? Combien tu fais ce matin ?
— Hm… 49.
— Merde… T'en faisais 51 y a deux jours.
— C'est bon, t'inquiète pas.
— Si, je m'inquiète, Yongso ! Et tu sais pourquoi.

Ledit Yongso pousse un lourd soupir avant de remettre correctement son haut pour cacher ses côtes apparentes, descendant de la balance qu'il remet à sa place sous le meuble d'un geste du pied.

— Bébé, ça va, je te dis. Je vais super bien.
— Tu dois manger.
— Mais je mange !

Hyosik roule des yeux en frappant légèrement l'épaule de son compagnon.

— Tu crois que je ne sais pas ? Tu manges la moitié des plats que je te laisse au frigo quand je vais bosser, et à mon retour, l'autre moitié est jetée à la poubelle, dissimulée sous d'autres emballages !

Pris à son propre piège, le garçon aux cheveux argentés tirant sur le blond mordille fébrilement sa lèvre inférieure avant de balayer d'un geste de la main les doutes de son petit ami.

— C'est parce que je n'ai pas très faim. Mon estomac est aussi petit que ton sexe, que veux-tu.

Il glousse, fier de lui, avant de sortir de la salle de bains pour retourner dans la salle commune de la maison qu'il partage avec Hyosik.

Si au premier abord le petit couple formé par les deux jeunes hommes semble solide et inséparable, il en est bien autre chose quand on y accorde plus d'attention. Hyosik est un garçon boute-en-train, débordant d'énergie, et même si son copain l'est un peu aussi, il arrive que parfois, il ait du mal à le suivre. Mais ça n'empêche en rien l'alchimie qui anime ce couple, comme si chaque jour était le premier. Et cela même malgré les difficultés qu'ils ont connues. Même malgré celles qui surviennent encore.

— Tu veux encore qu'on vive ce qu'il s'est passé la dernière fois à l'hôpital ? Non parce que si ça te fait kiffer d'être branché à quatorze mille machines et de recevoir 1 500 calories par jours via un tube, continue sur ta lancée.

Hyosik vient de débouler dans le salon, entouré de ses cheveux flamboyants qui lui donnent un petit air de lion en colère. Mais il l'est vraiment, en colère. Ou du moins agacé. Ou plutôt inquiet. Il n'est pas question pour lui de revivre ce cauchemar.

— C'était y a quelques mois tout ça, Hyo, ça va mieux maintenant. Ça va.

Yongso fait un pas vers son compagnon et se glisse derrière lui, tel un félin, pour venir ceinturer tendrement sa taille de ses bras dans le but de le serrer contre lui.

— Yongso, ça me fait peur. Tu as failli y passer.

— Mais maintenant, tout va bien. Je suis là, et je vais mieux.

Pendant de longues secondes, ils sont restés ainsi enlacés, debout au milieu de leur salon. Ils réfléchissent tous deux de leur côté à la situation qu'ils vivent. L'un est terriblement inquiet, il ne veut pas revivre la peur et le stress des précédents mois. Et l'autre ne s'en soucie pas réellement. Après tout, à quoi bon ? Il sait qu'il est malade. Yongso le sait et malgré cela, malgré le mal qu'il fait à son copain, il n'arrive pas à lutter. Lutter contre lui-même. Lutter contre cette voix intérieure qui lui murmure sans arrêt des pensées sombres.

Alors il se tait simplement, caressant le ventre de Hyosik par-dessus le tissu de son T-shirt pour tenter de le rassurer.

— Je veux que tu vives.

La voix du rouquin résonne comme un faible couinement, faisant se serrer le cœur de Yongso qui entend la peur et la douleur dans sa voix. Hyosik est en partie brisé, et c'est sa faute.

— Je vivrai. Je ne compte pas me laisser mourir.

Chuchotant au creux de son oreille, il dépose des baisers papillon le long de son cou, y retraçant le creux qui s'y forme. Son compagnon frémit aussitôt suite à ses gestes, et c'est comme si tout venait de s'envoler d'un coup. Il n'y a désormais plus que lui. Plus que Yongso, son odeur, ses lèvres, ses baisers, sa présence. Et ça, le plus âgé le sait. C'est en quelque sorte sa manière de se faire pardonner et à la fois sa manière de lui faire une promesse. La promesse qu'il ne le quittera jamais. Après tout, comment le pourrait-il ? Il l'aime.

— Et ce Jaemin ?

— Oh merde, ne recommence pas, Hyo. On est bien, là.

Le rouquin se décolle de l'étreinte de ses bras pour se retourner à la place et ainsi faire face à son copain.

— Ouais, on est bien parce que t'essaies de m'embobiner en te glissant derrière moi, comme à chaque fois qu'on parle d'un truc important.

— Moi je t'embobine ?!

Hyosik lève les yeux au ciel ce qui arrache un sourire en coin à Yongso qui adore plus que tout le taquiner. Qu'est-ce qu'il peut le trouver sexy comme ça, les sourcils froncés, l'air boudeur et les bras croisés sur sa poitrine.

— Oui, tu me colles comme un mâle en chaleur ! Et puis…

— Comme un mâle en chaleur ? Eh, t'as qu'à dire que je suis un chien tant que tu y es !

— Bah ouais, c'est un peu ça, Yongso.

— Donc t'es ma chienne, si on suit ta logique ?

— Va te faire foutre.

Yongso éclate de rire en attrapant les avant-bras de Hyosik pour le tirer vers lui et l'enlacer contre son corps chaud. Son nez vient trouver sa joue et il le frotte contre elle avec douceur en sentant son petit ami se détendre instantanément entre ses bras.

— On reparlera de tout ça plus tard, je n'aime pas me prendre la tête avec toi par rapport à mes problèmes de santé. Je n'essaie pas de t'embobiner par le sexe non plus, je te taquine parce que je sais qu'il faudra qu'on ait un jour cette conversation, mais pas maintenant, d'accord ? Et puis… si ça peut te rassurer, tu restes ma chienne préférée, Hyo.

— Je ne joue pas le rôle de la femme ! Et oui, je sais. Je ne te forcerai jamais à me parler de ça, j'attendrai que tu le fasses de toi-même.

— Je sais tout ça. Et je sais aussi que tu ne joues pas le rôle de la femme, parce que tu es mon copain. Puis, de toute façon, les filles sont dominantes aussi, là n'est pas la question. Mais j'adore quand tu es en dessous en tout cas, c'est incroyablement divin.

Pour toute réponse, Hyosik frappe à nouveau l'épaule de Yongso en faisant la moue, tandis que ce dernier se met à mimer une douleur intense.

— Aaah, mon épaule ! Elle est déboîtée ? Ça y est, tu viens de me démonter pour la première fois de ta vie !

— Yongso, arrête ça !

Hyosik ne peut que rire à nouveau face aux allusions de son copain, embrassant chastement sa joue. Il le libère ensuite en lui lançant un clin d'œil plus qu'explicite, et file vers l'étage de la maison.

— Bon, je vais prendre ma douche…

— Hyosik, t'es tellement pas discret. Tu peux me demander de te faire l'amour hein, il n'y a pas de problème.

— Je préfère me faire un peu désirer.

Un large sourire charmeur sur les lèvres, Yongso monte à son tour à l'étage en retirant dans les escaliers la moitié de ses vêtements, et s'empresse de rejoindre Hyosik dans la salle de bains qui a déjà commencé à faire couler l'eau. Des rires sont échangés, des éclaboussures, de la tendresse, des sourires et des regards brillants, jusqu'à ce qu'ils en viennent à faire tous deux ce qu'ils faisaient de mieux.

Autrement dit, l'amour.

***

Clic. Clic. Clic.

Le psychiatre redresse lentement la tête du dossier qu'il a entre les mains, posant ses yeux vifs sur la maigre silhouette de Yongso avachie dans un fauteuil en face de lui, de l'autre côté de son bureau. Le garçon tient un stylo entre ses doigts fins et s'amuse à le faire cliqueter contre la surface en bois en appuyant dessus. Le petit bout métallique s'enfonce dans le corps du crayon, pour en ressortir en lâchant un « clic » sonore qui rend fou le docteur.

— Yongso, tu peux arrêter ? C'est agaçant.

Yongso lève les yeux vers son médecin et pousse un lourd soupir avant de déposer le crayon sur le bureau en levant les yeux au ciel.

— Vous n'êtes vraiment pas drôle. Pourquoi je viens ici, déjà ?

— Pour que je te sauve la vie.

— Oh oui, c'est vrai. Et vous y arrivez ?

Dans le ton de la voix du plus jeune, un mépris incomparable s'écoule de ses mots. Il n'a pas besoin d'être aidé. Pas besoin qu'on lui vienne en aide. Il va très bien. Peut-être pas aussi bien qu'il le veut, certes, mais ce docteur avec sa barbe ridicule et son polo de grand-père qu'il porte sous sa blouse ne l'aide pas.

— Yongso, que ça te plaise ou non, je suis ici pour te garder en vie. Et même si tu commences à me faire des caprices comme un enfant de cinq ans, je ne céderai pas à tes gamineries. C'est très sérieux.

— Je ne suis pas...

— Tais-toi, maintenant.

Fronçant les sourcils de rage en se sentant honteux de s'être fait réprimander comme un bambin, Yongso mordille fortement l'intérieur de ses joues pour s'empêcher de foutre le camp de colère. Bien entendu, si l'envie lui en prend, il peut sortir de ce bureau immonde qui porte l'odeur chimique des hôpitaux. Mais quelque chose lui dit que si Hyosik, qui attend sagement dans la salle d'attente, le voit faire, il va prendre très cher. Et dire qu'il déteste les docteurs et tout ce qui tourne autour de ce mot. Il va très bien, pourquoi tout le monde lui prend la tête parce qu'il veut simplement avoir un corps parfait ? Ce n'est pas un crime ! Alors oui, ça nécessite de perdre un peu de poids, mais qui n'a jamais fait de régime ?

Tout en trouvant que c'est injuste de lui imposer ça, Yongso torture avec ses doigts le pauvre stylo qu'il attrape à nouveau et qui n'a rien demandé. Il essaie d'arracher la partie faite de caoutchouc qui entoure le haut du crayon. Ses lèvres étaient si pincées qu'on aurait pu penser qu'il n'allait pas tarder à exploser.

— Je n'ai pas envie de te parler de la maladie. Je pense que tu connais déjà tout ce qui la concerne. À la place, nous allons parler de comment tu te sens actuellement. Dans ta tête.

— Si vous voulez savoir si j'ai recommencé à me droguer, soyez cash.

— Hm, d'accord. Tu te drogues à nouveau ?

— Non. Ça fait des mois que je suis clean. Pas d'ingestion de drogue, et pas de vente non plus. Alors, je peux y aller ?

Le garçon mime le geste de se lever en fixant intensément le psychiatre, et ce dernier fronce si brusquement les sourcils que Yongso croit qu'ils vont tomber le long de son visage.

— Je n'ai pas fini !

À bien des égards, on peut penser que ce médecin est véritablement agacé du comportement de Yongso. Que s'il n'exerce pas cette profession, il l'aurait même déjà fait passer par la fenêtre. Mais il n'en est rien. Parce que la confrontation, l'insolence, est une des principales caractéristiques du déni, tout du moins quand ce déni-là est centré sur cette maladie en particulier. Et monsieur Hung le sait mieux que quiconque. Certains de ses patients font même très souvent les malins avec lui.

Mais Yongso est un cas particulier, même avec son air sombre. Contrairement à la plupart des gens qui n'osent pas se confier à leur psy, voient le traitement comme du négatif et refusent de se faire aider, lui accepte d'écouter. Il voit les solutions qui s'offrent à lui, sourit quand on lui prescrit des traitements et se montre coopératif sans même qu'on le lui demande. Mais cela ne dure jamais longtemps. D'où le fait qu'il revienne à chaque fois dans ce bureau qui ressemble plus à l'intérieur d'une boîte de conserve qu'à autre chose tant il est sobre. « Mais c'est pour ton bien », lui répète sans cesse son petit copain pour l'encourager à y aller. Et il est tellement doux et aimant que Yongso ne peut se résoudre à lui dire de le laisser tranquille. C'est donc ainsi que ce samedi-là encore, il se trouve face à monsieur Hung, qui le fixe très intensément.

— Tu ne te fais toujours pas vomir ?
— Non, c'est dégueu.

Le blond répond du tac au tac en sortant de ses pensées, tandis que le médecin écrit sur son carnet. Il libère le pauvre stylo qui est dans un piètre état désormais, observant les mouvements de poignet du médecin, refusant de croiser son regard.

— Alors tu ne prends juste pas les médicaments que je te prescris ? Mais Hyosik l'aurait remarqué, étant donné qu'il est très inquiet et très impliqué dans tout ce qui te concerne. Et il me l'aurait dit, donc…

— Je les mets dans les toilettes une fois achetés. C'est bon ? Je peux y aller, cette fois-ci ?

Le psychiatre, qui commence sérieusement à ne plus supporter ce manque de respect constant que se permet Yongso envers lui, pose brutalement ses deux mains à plat sur le plan de travail. Ses yeux d'un vert émeraude intense, qui se trouvent être le point le plus attractif de son faciès en plus de ses traits eurasiens, se posent sur le visage pâle du plus jeune. Il le fixe profondément durant de longues minutes, pendant lesquelles Yongso n'ose presque plus respirer. Son psy n'a jamais agi comme ça envers lui. Il n'a jamais manifesté son agacement ou son autorité ainsi. Est-ce que cette fois-ci, Yongso dépasse les bornes ? Probablement, oui, mais il ne l'avouera jamais. De même qu'il ne présentera pas d'excuses. Sa fierté l'y contraint, et puis il n'a pas vraiment envie d'être là non plus, cloîtré dans ce bureau à tourner en rond, sans jamais trouver de solution à son problème. Donc c'est comme une petite vengeance personnelle.

En réalité, même si Yongso se montre très coopératif concernant ses traitements et la marche à suivre pour s'en sortir, c'est tout simplement pour qu'on le laisse tranquille. À quoi bon lutter, alors que justement, ce docteur fera tout pour tenter de le tirer de là ? Il vaut mieux aller dans son sens pour sortir d'ici au plus vite.

— Tu vas finir par mourir, Yongso.

Ces six petits mots claquent dans l'air comme une sentence irrévocable, alors que les deux hommes se défient encore du regard. Pourtant, ils ne sont pas nouveaux, et Yongso le sait. Il les a entendus maintes et maintes fois. Que ce soit par les soignants de l'hôpital qui le prennent en pitié, son psy, les infirmières, ses parents ou même Hyosik.

— Comme vous, Monsieur. Comme tous les gens qui peuplent notre planète.

— Arrête de jouer avec les mots. Si tu continues à ne rien écouter, je vais te placer en centre pour adultes souffrant de troubles du comportement alimentaire. Il n'est pas question que je te regarde mourir sans rien faire.

— Je ne vais pas mourir.

— Ce n'est pas l'impression que tu donnes, pourtant. Depuis que tu as commencé les séances de thérapie avec moi, rien n'a changé. Tu crois que je ne comprends pas ce que tu fais ? Tu joues au garçon obéissant, qui accepte sagement les traitements, pour ressortir de ce bureau aussi rapidement que tu y es entré.

— Sans vouloir vous offenser, vous ne m'aiderez pas, malgré vos efforts. Je n'ai pas envie de manger correctement. C'est tout.

— Je ne cherche pas à t'aider à te sortir de cette situation. Tu en es le seul capable. Moi, j'essaie de te faire avoir ce fameux déclic qui te boostera et te permettra de vivre. C'est lui et seulement lui qui va t'aider. Pas moi.

— Alors maintenant qu'on est d'accord sur un point, je peux sortir ?

Insolent. C'est ce qu'est Yongso. Il ne veut pas se sortir de ça, il est très bien comme ça. Il n'a pas envie de remanger correctement et de devenir gros. Lui, il aimerait manger oui, mais ne pas prendre un gramme. Toujours plus maigre, toujours plus fin, c'est ce qu'il désire. Les bourrelets, les vergetures, la peau tombante, le surplus de graisse, ça le répugne. Et pourquoi est-ce que son cas préoccupe tant les autres ? Il fait ce qu'il veut. Il n'a besoin de personne, au même titre que Taesong qui, dans un coin de la même ville, refuse d'accepter de l'aide concernant sa cécité.

Au fond, tous les deux ne sont pas si différents. Ils ont la même manière de penser. Ils sont de grands garçons, ils ne veulent pas qu'on leur dicte ce qu'ils doivent faire. Ils pensent s'en sortir très bien tout seuls.

Ils pensent. Mais il n'en est rien, évidemment. Ils ont besoin d'aide.

— Oui, tu vas pouvoir sortir parce que je vois que ce que je m'efforce de te dire ne mène à rien. Mais avant, laisse-moi te rappeler une petite chose. Tu souffres d'anorexie mentale, Yongso, et le fait est que tu es adulte, maintenant. Ce qui est une maladie touchant principalement les adolescents qu'on peut soigner rapidement si elle est prise en charge très tôt devient plus grave avec le temps, et surtout chez les adultes.

La maladie que tu as est devenue chronique, désormais. Ce qui veut dire qu'en plus d'être difficile à guérir, tu risques d'en mourir. Comment, cela dépend. Suicide, malaise cardiaque dont tu ne te réveilleras jamais, problème pulmonaire qui surviendra à cause d'une insuffisance rénale… Les choix sont multiples. Mais je ne t'apprends rien puisqu'apparemment, tu es plus fort que les autres. Quoi qu'il en soit, on se revoit dans trois semaines pour ta pesée habituelle. Tâche de rester en vie jusque-là. Tu es un de mes patients favoris, et je n'ai pas envie que tu partes trop vite.

— D'accord.

Le blond balance sa chaise en arrière pour se redresser, et sans demander son reste, il sort du bureau calmement, non sans tout de même claquer la porte derrière lui. Hyosik lève les yeux du magazine de mode qu'il tient entre les mains après avoir entendu le claquement brutal de la porte, les posant sur son petit ami. Il remarque bien vite l'air agacé qui imprègne les traits de Yongso, mais il n'est pas du genre à lui demander ce qui ne va pas. Au fond de lui, il le sait très bien, et puis ils en parleront ensemble le moment venu. Inutile de se presser et de faire un potentiel scandale ici, dans la salle d'attente, sous les regards aigres des autres patients.

— Hey. J'espère que ta séance s'est bien passée ! Dis-moi, en t'attendant, j'ai réfléchi à ce qu'on pourrait manger à midi, et j'aimerais aller au McDo ! Enfin, si tu veux. D'accord ? Je ne t'impose rien. Mais je sais que c'est un de tes fast-foods préférés.

— Hyosik, je… Ça ne me dérange pas, mais… ce n'est vraiment pas le moment.

— Mais c'est toujours le moment pour un hamburger !

— Non, désolé, wraps à vie.

— Retire ça ou je demande le divorce, par contre. Je ne rigole pas avec ça.

L'air faussement menaçant du rouquin semble marcher, puisqu'il tire un faible sourire à Yongso pendant qu'ils traversent le parking jusqu'à la voiture.

— Hyo, on n'est même pas mariés.
— Oui, mais bientôt.

Le plus vieux manque de s'étouffer en attachant sa ceinture, alors que son compagnon se marre bien en commençant à rouler.

— Ah oui ? Bientôt ?
— Oui, bientôt, Yongso.
— Tu ne me supporteras pas cinq minutes en tant que mari.
— Je te supporte plus que je ne devrais déjà, donc t'inquiète pas pour le reste, va. Je vais te dompter.

Un grand éclat de rire anime soudainement le véhicule, recouvrant les faibles notes de musique qui s'échappent de la radio et s'emploient déjà à repousser le silence entre les deux garçons.

— Non mais… me dompter ?

Yongso est si plié de rire sur son siège qu'on peut le comparer à une feuille A4. Son petit ami a vraiment le don de le faire rire quand il est vexé ou quand quelque chose ne va pas. Mais il finit par se calmer bien vite quand Hyosik pose sa main sur sa cuisse et la tapote gentiment.

— Tu verras plus tard. Sinon, comment était ta séance ? Est-ce qu'il t'a prescrit de nouveaux médicaments ?

Silence. Silence seulement brisé par le commentateur de la radio qui annonce la prochaine chanson qu'ils vont envoyer. Yongso se tait brusquement, sa mine rieuse s'effaçant pour laisser place à une mine aussi neutre que le cabinet de monsieur Hung. Il ne rit plus. Plus du tout. Son visage couvert d'un voile froid vient de se tourner vers la vitre. Il observe sans rien dire les arbres qui bordent la route qui défile sous ses yeux. Son regard se concentre sur les rayons de soleil qui se déposent sur les feuilles vertes qui ne sont pas cachées par l'ombre.

— Yongso ?
— Désolé. Ouais, ça a été. Tout va bien.

Hyosik n'en croit pas un mot. Pas après avoir vu son copain réagir de la sorte. Il est loin d'être stupide. Mais il se tait, ne voulant pas s'engager dans une énième dispute sur le sujet. Ils auraient tous deux bien le temps d'en parler après. Il continue alors de rouler simplement, dans le but de trouver le fameux fast-food qu'il désire tant, l'esprit embrumé par des questions auxquelles il n'a pas de réponse.

Du côté de son petit ami, son esprit est quant à lui bien occupé ailleurs. Il a mis de côté sa séance désastreuse avec son médecin pour penser à autre chose. Quelque chose qui lui donne un certain plaisir que d'avoir ce fabuleux contrôle sur son corps.

Rondelle de tomate, peut-être 7 calories, voire 10. Fromage fondu, 110 calories par tranche. Steak, suivant sa cuisson, il doit frôler les 215 calories. Salade, 3 calories. La sauce... Mais Yongso ne prend pas de sauce. Pas de frites non plus, sinon cela reviendrait à 167 calories en plus. Une boisson serait de trop aussi, alors il compte partir sur de l'eau. De l'eau, ça lui semble bien. Son repas est correct. Il le repasse en boucle dans sa tête jusqu'à ce qu'il en soit convaincu. Il a le droit de manger ça, ça ira. Il va se restreindre un peu pour être rassuré, et Hyosik sera content de le voir manger. En rentrant aussi, il ne doit pas oublier d'aller faire du sport. Beaucoup de sport. Peut-être 70 abdos, suivis d'une course à pied de 25 minutes. C'est bien. C'est un bon programme.

Yongso se sent bien, quand Hyosik est mort d'inquiétude. Le parallèle entre les deux jeunes hommes est aussi incroyable qu'effrayant. Les questions que se pose le rouquin dans son coin commencent sérieusement à lui ronger l'esprit. Ses lèvres le brûlent, mais il se retient quand même. Ce n'est pas le bon moment, il ne va faire que gâcher leur déjeuner. Et son but à lui, c'est de faire en sorte que Yongso aille mieux. Qu'il oublie le temps d'un instant le mal qui le consume petit à petit. Ça le rend malade de ne rien pouvoir faire, parce que tout ça relève de la seule volonté de son petit ami. Il est impuissant, et c'est terriblement douloureux. Il jette tout de même un léger regard en biais au blond, et soupire faiblement en le voyant. Son front collé à la vitre du véhicule, ses yeux clos recouverts par quelques fils dorés qui tombent de sa frange, ses lèvres pincées et ses doigts qui miment le geste de compter contre ses cuisses. Il est en train de calculer le nombre de calories qu'il va engloutir. Et rien que cette vision déchire le cœur de Hyosik.

Quant à Yongso, après avoir bien établi son repas, il se met à penser à autre chose. Ses idées virevoltent, s'envolent, battent des ailes, courent à travers les failles de son esprit, accompagnées du ronronnement de la voiture. Il ne ressent pas le regard de son amant sur lui, il ne ressent rien du tout. Les paroles du docteur Hung ne font que tourner encore et encore dans son esprit.

Un déclic. Il devait avoir ce fameux déclic qui lui permettrait de sortir de là et de reprendre sa vie en main. Parce qu'il en a terriblement envie, parfois. Il veut manger comme les autres et arrêter de se poser ce genre de questions sur son poids, ses cuisses, ses bras, son ventre. Mais c'est plus fort que lui. C'est *trop* fort pour lui. Sa propre conscience est plus terrible que n'importe quoi d'autre. Elle est sans cesse là, à le rabaisser, à traiter son corps de masse immonde et dégueulasse. C'est un cercle vicieux dans lequel il s'est lui-même enfermé et dont il veut sortir. Mais il n'y arrive pas, et c'est plus que douloureux. Parfois, il pleure quand Hyosik n'est pas là, et ce pendant des minutes interminables durant lesquelles il reste en boule sur son lit à se lamenter sur son sort dont il n'arrive pas à sortir. C'est terrible d'en arriver là. Terrible de se traîner jusqu'à la cuisine, d'avoir envie de chocolat, mais de ne pas réussir à en manger ne serait-ce qu'un petit bout. Comme si une attraction est faite sur votre cerveau et vous empêche de tendre le bras vers ce festin défendu.

Alors ce déclic, Yongso le veut au fond de lui. Tout comme Hyosik, tout comme son psy et tout comme cette tablette de chocolat dans son frigo qui a été créée pour être mangée. C'est pour cela qu'il y réfléchit profondément pendant le trajet jusqu'au McDo, comme il le fait souvent, en vérité.

Puis, aussi doucement qu'une caresse sur la joue, une douce pensée vient le frôler. Une pensée qui lui donne un brin d'espoir. Ses yeux clignent lentement, puis un peu plus vite quand il comprend soudainement ce qui ne va pas. Ce qui n'est jamais allé. Ce qui est même une des principales raisons de sa maladie. Et Yongso se rend compte qu'il aurait pu s'en sortir. Il a eu toutes les cartes en main pour ça, il est certain qu'il aurait pu y arriver il y a quelques mois, quand ça s'est déclenché.

Il aurait pu guérir de ça. Mais il y a eu ce garçon.

Avec ses joues d'enfant, ses petites dents écartées, ses cheveux orangés et son front dégagé. Son sourire magnifique qui vous fait voir les étoiles, ses petites mains qui tiraient les cheveux de Yongso quand ils s'embrassaient il y a bien des mois de cela, et son odeur aussi douce et fleurie que l'est sa personnalité.

Oui, Yongso en est sûr désormais. Il aurait pu vivre, il aurait pu s'en sortir. Mais il y avait eu Jaemin. Il avait vécu une histoire incroyable avec lui, jusqu'à ce que tout s'arrête aussi brusquement que ça avait commencé.

Et cela a laissé des séquelles sur les deux garçons, marquant petit à petit le début de la fin.

De leur fin.

11

Do you want to build a snowman

C'est incroyable. Ça fait une semaine que nous avons fait la petite soirée improvisée dans notre appartement avec Wei et les garçons, donc je l'aurais su avant s'il me l'avait piqué. N'est-ce pas ? Je m'en serais rendu compte. Il était à ce point bourré ? Et puis pourquoi d'ailleurs je n'ai eu aucun texto de sa part depuis samedi dernier ?

— Namkyu, t'as pas vu mon slip Peter Pan ? Je suis sûr que c'est Jaemin qui me l'a piqué le week-end dernier. Il fait chier, il sait très bien que je l'adore parce qu'il ne me serre pas ! Bon, il est peut-être tout effiloché, avec les fils qui pendouillent, mais…

— Tu devrais refaire ta garde-robe, Taesong. C'est immonde tous ces trucs que tu gardes depuis 1860. Et ça sent le bouc là-dedans.

Je peux sentir Namkyu près de moi qui inspecte mon armoire avec son nez froncé de dégoût. Mais je m'en fiche pas mal. Moi, je veux mon slip préféré, et je veux que Jaemin m'envoie un signe de vie. C'est très rare qu'il ne me parle pas pendant un jour, alors pendant toute une semaine ? Impossible. Quelque chose ne va pas.

— J'ai fait le petit-déjeuner sinon, tiens, ton verre de lait. Non, à droite. L'autre droite. Ça, c'est ta gauche. Du coup, là, ton autre gauche.

— Namkyu.

Mon majeur s'est levé vers Namkyu qui explose de rire en me donnant mon précieux verre entre les doigts, juste après avoir pris un malin plaisir à me taquiner. Je perçois ensuite ses pieds qui glissent sur le parquet grinçant en direction de mon lit, puis je l'entends se laisser tomber dessus comme une masse. Suite à ses mouvements, le bruit de son corps lourd a percuté le matelas avec un soupir de satisfaction emplissant pendant quelques secondes l'espace de la pièce.

— Dis, tu as eu des nouvelles de Jaem, toi ?
— Mh non. Mais ce gars est collé à toi, ce n'est pas à moi qu'il enverrait un message. Enfin si, il m'en envoie. Mais moins fréquemment qu'à toi.
— C'est en rapport avec Jongguk. J'en suis persuadé.
— Et Yongso.

Laissant à mon tour mes pieds glisser sur le sol, je viens m'asseoir au bord de mon lit. Namkyu remue près de moi, pour me laisser un peu plus de place, et je finis donc par me mettre plus à l'aise sur la couette moelleuse.

— Pourquoi Yongso ?

Je trouve ça assez curieux que son prénom ressorte. Yongso et Jaemin sont toujours en bons termes, du moins d'après les dires de Jaemin. Pourquoi est-ce qu'il viendrait poser problème alors que là, le souci est vraisemblablement Jongguk ? Namkyu à mes côtés soupire faiblement, et je vois presque son haussement d'épaules se dessiner sous mes yeux.

— Parce que Yongso est revenu dans la vie de Jaemin au même moment que Jongguk. Enfin, on n'avait jamais entendu parler de lui, Taesong. Et ça pendant plus de deux ans. Moi je connaissais son nom, et sa réputation. Mais la relation qu'il avait avec Jaemin… On va dire que Jaem m'a surtout conté les plus beaux moments. Pour le reste, je ne sais rien. Mais là, étrangement, il fait appel à lui pour veiller sur toi. Ça veut dire qu'il prend le risque de le faire entrer dans nos vies, de nous parler de son passé. Parce qu'il sait qu'on se posera des questions, et à juste titre. D'un côté, je pense qu'il était prêt à nous parler de Yongso, c'est pour ça qu'il lui a demandé de venir te voir. Mais ça a dû être difficile pour Jaemin de sauter le pas.

Namkyu a raison. Je le sais, parce que lui comme moi, nous connaissons bien Jaemin. Il est du genre à prendre des décisions qui peuvent être plus grandes que lui, et qui finissent par le blesser profondément. Mais si grâce à ça, il vient en aide aux autres, alors ça n'a pas de prix. Il m'a aidé avec Yongso, et j'ai toutes les raisons de croire que s'il l'a appelé, c'était pour ne pas me laisser entre de mauvaises mains, en quelque sorte. Et en contrepartie, il a été obligé de nous révéler un segment de son passé. Une infime partie qui a éveillé notre curiosité. Et Jaemin sait cela. Il sait qu'on veut en savoir plus. Voilà pourquoi il se mure dans un silence pesant depuis sept jours.

— Tu peux me déposer chez lui, Namkyu ?
— Quoi, tu penses toujours à ce foutu slip qu'il t'a volé ?
— Mais non abruti, je veux aller lui parler.
— Oh. Pas de souci, habille-toi et on y va.

Je hoche sagement la tête en finissant de boire mon lait, puis je me lève du lit pour aller me vêtir et retirer mon pyjama, tandis que Namkyu, de son côté, descend à la cuisine.

— Et des nouvelles de ton Gukkie, tu en as ?

J'aurais dû m'en douter. Cette question devait bien finir par tomber.

J'avais passé la semaine à penser à moi, à ce qui me travaille en ce moment et à me remplir la panse de nouilles aux crevettes chez Mee. J'ai eu des nouvelles de Jongguk par message, qui d'ailleurs me doit toujours ma glace. Je ne compte pas oublier, c'est indispensable. Mais sincèrement, je suis beaucoup trop préoccupé par cette attraction bizarre qui se passe dans mon ventre que par le reste, alors je n'ai pas spécialement dit à Namkyu que je parle à… mon Gukkie. Et puis ce n'est même pas mon Gukkie.

— Il va à l'université, d'après ce qu'il m'a dit, donc il va bien, et oui, on a parlé.
— Et ?
— Tu peux arrêter de sous-entendre un truc là comme dans les films ? Je te vois presque me faire une danse endiablée de sourcils, comme si tu voulais connaître les potins du jour. Donc non, je ne vais pas te dire qu'on a couché en-

semble, parce que ce n'est pas le cas, et même si ça l'était, c'est secret. Puis, on n'est pas en couple ! C'est quand que vous allez l'intégrer avec Wei ?

— On prédit l'avenir, babe, rien de plus.

Il rit depuis la salle à manger comme s'il venait de sortir la blague du siècle, la tonalité de sa voix finissant par me faire sourire. C'est qu'il a un rire particulier aussi. Namkyu ne rit pas, non. Il gueule. Et plus il est heureux, plus c'est puissant.

— Oh, Taesong, vire-moi ce pull immonde de ton corps.

Il me fait sursauter en débarquant à nouveau dans la chambre, et je l'imagine sans mal me détailler de haut en bas avec un sourcil aussi arqué que l'est un arc-en-ciel.

— Bon, écoute-moi bien Namcul, tu vas foutre la paix à ma penderie avant que je te mette un coup de pied au derrière.

— Le temps que tu vises correctement, j'ai le temps de prendre racine. Donc non, désolé. Mais en même temps, tu ressembles à un vieux avant l'heure. Il ne te gratte pas ce pull ? Il est vraiment dégueu. Tout kaki, beurk.

— C'est toi qui me l'as offert à Noël, au chalet !

— Oui je sais, mais c'est parce qu'il est immonde. C'était soit toi, soit Jaem. Et je sais que toi, ayant un grand cœur pour les fringues et les objets moches, tu le porterais quand même.

— Rien n'est moche, c'est subjectif.

— Ok Molière. Bon, bouge que je t'emmène voir ton âme sœur, là.

Je lève les yeux au ciel avant de le suivre hors de l'appartement une fois que je suis fin prêt, malgré les remarques grinçantes du plus âgé. Nous rentrons dans la voiture de Namkyu, manquant pour ma part de me prendre le toit en pleine face, mais on passera outre, puis il se met à rouler en direction de la maison de Jaemin.

Ce dernier, à notre rencontre, vivait encore à Busan en compagnie de ses parents. Après mon accident, il a supplié sa famille de lui permettre de venir à Daegu, pour être plus près de moi. Il avait refusé de me laisser seul même si j'étais avec Namkyu. Ses parents avaient très peu de moyens, et même si Jaemin avait assuré qu'il se trouverait un petit boulot à côté de ses cours de danse, cela n'était pas suffisant.

Mais finalement, Namkyu avait proposé qu'il vienne s'installer dans une des maisons que possédait sa famille en bordure de Daegu. Elle n'était pas très grande, envahie par les grandes herbes et les insectes, mais pour une personne, cela faisait très bien l'affaire. Les parents du plus âgé qui possédaient un cœur énorme – et un immense porte-monnaie – ont donc permis à Jaemin de s'installer dans la fameuse demeure. Ce dernier était terriblement gêné et suite à ça, il passait son temps à lécher les pieds de Namkyu à cette époque-là. La famille Park a tout de même tenu à verser de l'argent aux parents de Namkyu, malgré le fait qu'ils aient précisé que ce n'était pas nécessaire et qu'ils faisaient ça de bon cœur.

C'est donc ainsi que Jaemin avait fini par atterrir dans la ville de Daegu, pour vivre à mes côtés les meilleurs souvenirs comme les pires.

— Bon, tu m'appelles quand tu veux que je vienne te chercher. Ou alors Jaem te ramènera ! Voyez ça entre vous.

— J'ai la gueule d'un colissimo ?

— En tout cas, tu en as presque la couleur. Mon Dieu, ce pull immonde.

— Namkyu, tu me casses les…

— Je t'aime aussi, allez, bisous mon poulet.

Cet abruti ne me laisse pas le temps de répliquer et m'ouvre la portière d'un geste de la main en se penchant sur mes cuisses, comme si je n'étais pas capable de le faire moi-même.

— C'est ça.

Je roule des yeux en souriant tout de même, puis je récupère ma canne pliée à mes pieds en sortant du véhicule.

L'air doux et frais de ce mois d'octobre vient gentiment caresser mes joues, alors que j'avance lentement vers le petit porche de la bâtisse. Je n'ai jamais vu à quoi elle ressemblait, étant donné que Jaemin y a emménagé après mon accident, mais j'ai appris à reconnaître les lieux et à les imaginer.

Vous savez, c'est un peu comme une histoire qu'on vous raconte à l'école et que vous imaginez dans votre tête. Ou encore quand un de vos amis vous parle de l'aspect de sa maison et de sa chambre. Vous laissez simplement place à l'imagination, voulant vous-même imaginer les dragons à trois têtes mangeurs de princesse, ou le lit superposé avec toboggan de votre camarade. C'est pareil pour moi, mais la seule différence, c'est que ça concerne tout ce qui m'entoure désormais.

Et pour être franc, c'est pesant. J'ai besoin de voir, je veux cesser d'imaginer les paysages qui se dressent autour de moi ou les sourires sur le visage de mes amis. Mais étant donné que c'est impossible, je me tais simplement et continue d'imaginer les petits lutins qui se baladent sous les bosquets, ainsi que les éclats de rire qui déforment les lèvres de ceux que j'aime.

— Bon... Dernière marche cassée et... On y est.

Sortant de mes pensées, je lève la jambe pour éviter de me casser la figure, sachant que la toute dernière marche du porche porte un gros trou en son centre. Allez savoir pourquoi.

Je pose ensuite ma main à plat sur le bois frais de la porte et inspire doucement. Je me demande sincèrement dans quel état je vais retrouver Jaemin, même si j'en ai une vague idée. Il va sûrement sourire en paraissant heureux, me dire qu'il a bossé pendant toute la semaine sur une nouvelle chorégraphie et que c'est pour ça qu'il ne m'a pas parlé, jusqu'à ce que je l'oblige à me dire ce qui ne va pas. Ça promet d'être charmant.

Le cœur lourd et brisant le fil de mes pensées, je tape quelques coups bien connus sur la porte face à moi, les entendant résonner de l'autre côté de la maison.

— Jaemin ? Je voudrais un bonhomme de neige.

Une seconde. Deux secondes. Trois secondes.

C'est le temps qu'il lui faut pour m'ouvrir, preuve irréfutable qu'il était juste derrière la porte. À m'attendre.

— Jaem, tu...

— Oui, je t'attendais.

Sa voix est toute faible, toute pâle. Il renifle faiblement, et j'entends le tissu de son pull se frotter contre son visage comme s'il l'essuyait de toutes traces de larmes qui y seraient encore présentes.

— Il faut qu'on parle, Jaemin. Je… Je ne comprends pas, d'abord Yongso, puis Jongguk ?

Il ne répond rien et attrape ma manche dans sa main après avoir refermé la porte pour m'attirer près de lui et me faire venir dans sa chambre. J'ai une confiance aveugle – maintenant, je peux utiliser cette expression en toute légitimité – en lui, donc je sais qu'il n'y a pas d'obstacle sur ma route.

Je le suis donc, reniflant sa douce odeur qui flotte dans la maison, mélange de senteurs de fleur de cerisier et d'assouplissant. C'est fou comme tout chez lui est doux. Que ce soit dans ses gestes, ses mimiques, sa personnalité, son odeur. Mais il ne faut pas non plus penser que ce gars est un ange. J'ai eu un aperçu de ses danses, et vous aussi. Et mettons-nous d'accord : ça n'a absolument rien d'angélique.

— Est-ce que ça se voit tant que ça que Jongguk et moi, on…

— Oui mec, clairement. Je pourrais presque le lire sur vos visages.

Jaemin m'emmène sur son lit en entrant dans son petit repère, et il vient se mettre directement contre moi une fois qu'on est tous les deux allongés contre les coussins moelleux. Je ne me fais pas prier, le connaissant assez désormais pour savoir de quoi il a besoin.

— Parle-moi. Qu'est-ce qu'il t'arrive ? C'est le fait de revoir Jongguk ?

Je chuchote doucement entre l'espace vide qui nous sépare, tout en lui faisant un câlin.

— Un peu…

— Un peu ? Alors c'est le fait d'avoir fait entrer Yongso dans nos vies ?

— Taesong…

— Tu l'aimes ?

Reniflement silencieux pour toute réponse, suivi de gouttes salées coulant à nouveau en cascade sur mes doigts.

Ses phalanges se crispent sur mon pull. Ce pull moche mais terriblement apaisant pour lui. Ma main passe délicatement dans son dos que je caresse de haut en bas avec douceur, puis je continue dans mes paroles en prenant grand soin de garder bien fort Jaemin au creux de mes bras.

— Jaem, tu aimes Yongso. Et oui, je ne vais pas te mentir même si je pense que tu le sais, c'est mal parce qu'il a un copain. Mais peut-être qu'il t'aime aussi tout en aimant Hyosik.

— Arrête.

— Jaemin.

— Je ne l'aime pas autant qu'avant.

— Ne me mens pas. Pas à moi.

Ses mains me repoussent soudainement dans un énième reniflement et il s'assoit à mes côtés, les tremblements de son corps se répercutant contre le matelas du lit. Il a l'air chétif, dévasté. Et ça me fend le cœur de le sentir comme ça, même sans le voir. Ma gorge est nouée, je déteste le voir souffrir.

— Même si je l'aimais, qu'est-ce que ça changerait, hein ? Tu peux me le dire ? Il a refait sa vie, il est avec un autre et je n'ai pas envie de briser ça. Je n'ai pas envie de le blesser, ni Hyosik. Il est heureux avec lui, et tu sais quoi ? Rien que le voir sourire sincèrement, ça me rend plus léger. Rien qu'un brin de son bonheur fait le mien. Je n'ai pas besoin de plus.

— Tu ne peux pas continuer d'enfouir ce que tu ressens, Jaemin. Tu ne peux pas nier tout ça, simplement en pensant rendre quelqu'un heureux. Tu ne peux pas te détruire pour lui. Et puis, tu penses que Yongso est heureux, de son côté ?

— Je suppose.

— Mais tu n'en sais rien. Je pense que lui dire ce que tu ressens te soulagera. Mais il risque d'y avoir de grosses répercussions ensuite. C'est à toi de voir.

— Je sais… Je suis perdu…

Jaemin soupire faiblement près de moi, d'un air réellement fatigué. Puis il se lève du lit, ses pieds traînant faiblement contre le sol, étouffés par la polaire des chaussettes qu'il porte. Il fait clairement les cent pas sous mon nez, preuve irréfutable qu'il est perturbé.

— Je crois que je l'aime encore... Mais je ne veux pas le lui dire... Je ne pense pas que ça changera grand-chose déjà, et puis je n'en ai pas envie parce qu'il est avec quelqu'un, et je respecte ça.

— Mais Yongso t'a fait vivre, pas vrai ? Il t'a fait te sentir unique, il t'a rendu vivant.

— Comment tu...

C'est comme une évidence pour moi, et je n'ai pas besoin d'y voir pour le savoir. Je soupire en me couchant à nouveau contre les coussins. Je glisse mes mains derrière mon crâne pour le soutenir, avant de poursuivre plus profondément :

— Pendant cette période-là, avant mon accident, où on ne se voyait que très peu, tu étais particulièrement heureux dès qu'on passait du temps ensemble. Bon, j'ai vite compris que ce n'était pas ma magnifique tête qui te rendait ainsi, mais je n'ai rien dit, parce que tu avais le droit d'avoir tes secrets. Mais, Jaemin, tu ne faisais pas que sourire et rayonner en ce temps-là. Non, tu étais vivant. Tu éclairais tout sur ton passage avec ton regard qui pétillait tant que la galaxie aurait pu en être jalouse. Et même si je ne connaissais pas la cause de ton bonheur, je la remerciais chaque jour de te rendre ainsi. Yongso te faisait être toi. Il t'aimait à tel point que son amour pour toi se répercutait sur ton âme. Et ça, c'est beau. Et puis, il n'y a jamais rien qui est tout blanc ou tout noir, Jaemin. Il y a seulement nos sentiments avec des nuances de gris, et les nuances que l'on choisit de créer pour embellir nos vies.

Peut-être que je me prends un peu trop pour un philosophe. Mais au moins, mon petit speech a le don de faire revenir Jaemin entre mes bras, son nez se nichant dans mon cou et ses larmes dévalant à nouveau ses joues pouponnes.

— J'ai... J'ai vraiment mal, Taesong. J'ai mal au cœur.

Ses petits doigts agrippent mon pull dans mon dos, de manière à ce qu'il me serre encore plus entre ses bras. Sa voix étouffée, coupée par des sanglots atroces, vibre contre mon épiderme. Et les perles salées qui tombent de ses yeux glissent en cascade contre le creux de mon cou.

— C'est comme si... Comme s'il n'arrivait plus à battre correctement... Chaque... Millimètre est comme planté d'une épine, et à chaque battement... Il se déchire un peu plus en m'arrachant un cri de douleur silencieux. J'arrive plus... J'arrive plus à faire semblant, Taesong. Je veux arrêter d'avoir mal. Si tu savais à quel point c'est douloureux...

C'est très difficile pour Jaemin de ne serait-ce que me souffler trois mots sans être coupé par un sanglot. Son corps entier vibre entre mes bras, et je reste là, impuissant face à sa peine en continuant de caresser ses cheveux, tandis qu'il serre mon haut de toutes ses forces. Ma mâchoire se crispe un peu, me sentant réellement comme un incapable alors que je veux faire plus. Je veux le soulager. Lui dire que tout ira bien et que tout s'arrangera. Que sa douleur va finir par s'envoler. Mais comment puis-je lui dire une telle chose, alors que peut-être même ça ne se passerait jamais ? Je ne peux pas lui offrir ce genre d'espoir destructeur.

— Jaem, tu... Tu ne peux plus garder ça pour toi. Si tu l'aimes, tu devrais le lui dire. Lui expliquer ce qu'il se passe dans ton cœur. Même si tu te prenais un gros stop, ça te soulagerait de lui parler. Ne serait-ce qu'un tout petit peu. Et puis discuter n'engage à rien, je ne pense pas que ça pose un problème entre lui et son copain.

— Hm... Peut-être...

Sa voix est éteinte, faible. Son visage reste appuyé contre mon cou pendant un long moment suite à mes mots, et je sais qu'il réfléchit à quoi faire tout en profitant de la chaleur de ma peau pour se calmer.

— Mais... Taesong, je ne peux pas débarquer chez lui comme ça. J'ai vraiment peur de foutre son couple en l'air, et je ne veux pas de ça… Parce que même s'il ne m'aime plus, s'il est passé à autre chose, mes mots seront bien trop pesants. Ils auront des conséquences, et je refuse que tout s'effondre par ma faute…

— Je vois ce que tu veux dire, mais ce que tu feras, aller le voir ou non, ça restera ton choix, Jaem. Et quoi qu'il arrive, peu importe les actions que tes propos vont engendrer, je serai toujours derrière toi. Je serai avec toi, que tu prennes les bonnes ou les mauvaises décisions. Tu as le droit de te tromper, de tout faire foirer. Et sache que ça ne fera pas de toi une mauvaise personne pour autant. Parce que tu veux prendre en considération les sentiments de tout le monde, mais parfois, il y a des choses qui nous dépassent, tu sais.

Il n'ajoute rien de plus et se contente de hocher la tête en assimilant les mots que je viens de lui souffler.

Je ne sais pas si j'ai réussi à l'aider. Au fond, je l'espère, mais il est dans une situation délicate qui risque, avec le temps, d'en faire souffrir plus d'un. J'en suis moi-même conscient et je sais que lui aussi.

— Merci.

Il souffle au bout d'un certain temps ce simple mot et, soulagé, je lui offre une douce étreinte pour toute réponse, avant de sentir mon téléphone vibrer dans ma poche. La voix de Maria résonne dans la pièce, nous rendant soudainement attentifs.

«**Kyu** : *Yo, le Myosotis ce soir 20h30 ! Habille-toi bien ! Oh, non, ce n'est pas une question. TU VIENS !*»

— Jaemin, sèche tes larmes et prépare ton meilleur pantalon en cuir moulant. Ce soir, je veux que le Jaebooty soit en action.

12

Sensuality

— Je transpire fortement des aisselles, là. Et le pantalon me serre trop, il transforme mon cul en deux melons !

— Tant mieux, Jaem, comme ça, un certain gars pourra bien te déguster. Puis c'est fait exprès. Tu veux qu'on te remarque ou pas ?

La manche de Jaemin dans ma main pour me guider, nous déambulons à pas lents dans le fameux pub où Namkyu nous a donné rendez-vous. Les gens sont tellement serrés que c'est compliqué de ne pas marcher sur des pieds ou des bouts d'orteils. Surtout moi, étant aveugle, je ne peux même pas faire attention pour voir où je vais. Alors je me contente de suivre sagement Jaemin en m'excusant vaguement quand je piétine quelqu'un. Je pensais d'ailleurs que depuis le temps qu'on fréquente ce pub, les patrons auraient agrandi la salle. Mais visiblement non. L'air autour de nous est chargé de sueur. Il donne à la pièce un climat chaud et humide, très désagréable. Pas étonnant que même avec sa tenue légère, Jaemin meure de chaud là-dessous.

— Non, pas trop. J'aime bien danser, mais je n'ai pas envie que ça en devienne malsain. Je danse pour moi, pas pour les autres. Attends. Prends ma main au lieu de tenir ma chemise.

La petite main de Jaemin se fraye doucement un passage entre mes doigts pour venir délicatement serrer la mienne pendant qu'on essaie de trouver la table que Namkyu a réservée.

— Oui, je vois. Enfin, presque. Mais tu ne peux pas nier que tu ne provoques pas. Tu t'étais foutu à moitié nu lors de notre rencontre. Alors pas à moi, hein.

Jaemin ricane près de moi, ses épaules me frôlant quand elles se haussent tant on est proches à cause des gens alentour.

— J'aime bien provoquer. Je suis peut-être doux en apparence, mais à l'intérieur, c'est du hard qui s'y cache. Il ne faut pas se fier aux apparences. Ah, je crois que j'aperçois enfin la grosse tête de Namkyu au loin. On dirait qu'il gueule encore, tiens. Eh mais y a ton Gukkie avec ! Et... Oh...

— Ce n'est pas mon Gukkie ! Et quoi ? Quoi ? Eh oh ? La Terre, ici la Lune. Nous souhaitons entrer en contact avec vous. La Terre, répondez-nous. Nous allons atterrir près de vous. Bon la Terre !!!

— Y a Yongso.

Mes lèvres restent bêtement entrouvertes, coupé en plein milieu de ma phrase. Instinctivement, ma tête pivote vers l'endroit où Jaemin me semble tourné, comme si je pouvais voir le fameux Yongso en question. C'est un foutu tic que j'ai gardé.

— Sérieux ? T'es sûr que c'est lui ?

— Taesong. Je le reconnaîtrais entre mille. Même si là... il a beaucoup changé. Il est tellement maigre, bordel.

— Il ne l'était pas avant ?

— Pas autant...

Il se tait ensuite jusqu'à ce que nous arrivions enfin à la table, et je n'ose pas briser ce silence, jugeant préférable de laisser Jaemin tranquille. La musique qui pulse en rythme sur la piste de danse au centre de la salle est plus atténuée ici, en bordure de la pièce, ce qui nous permet de nous entendre discuter. Jaemin lâche lentement ma main une fois que nous avons rejoint les autres pour de bon, restant tout de même près de moi comme s'il craignait de s'éloigner.

— Hey ! Vous êtes en retard. Il est presque 21 heures !

— Namkyu, fais pas chier, on avait autre chose à faire.

— T'as gardé ce pull immonde ?

— Mais il est très beau son pull.

Wei vient en riant embrasser ma joue et celle de Jaemin d'un air doux en prenant la défense de mon haut. Puis je sens sa main venir s'enrouler autour de mon avant-bras dans le simple but de me guider vers les autres. Les effluves de la boisson alcoolisée qu'elle tient dans son autre main flottent près de moi, accompagnés de son odeur fruitée bien à elle. C'est rassurant de se savoir bien entouré.

— Alors devant toi, Taesong, il y a Namkyu, déjà à moitié pompette.

— C'est même pas vrai !

— Ensuite – arrête de me couper, Namkyu, en plus tu mens mal et tu louches – derrière la table, il y a une grande banquette en velours avec Jongguk assis tout au bout à droite, et Hyosik et Yongso à gauche. D'ailleurs… Les gars, pourquoi y a un énorme espace entre vous ? Quelqu'un a la peste ?

Non, personne n'a la peste. Hyosik et Yongso désirent peut-être avoir leur petit coin à eux, mais je sais que Jongguk ne souhaite pas s'approcher de n'importe qui. Je le sais et je le comprends. Et tout ce que je veux, c'est l'empêcher de se sentir encore plus mal à l'aise qu'il ne l'est déjà, entouré de gens qu'il connaît à peine. Alors c'est tout naturellement que je fonce presque à ses côtés, et que je clame haut et fort mes intentions en laissant Jaemin derrière moi, près de Namkyu.

— Non, il a réservé sa place pour moi ! J'arrive, Gukkie. Réchauffe la plaaaaccee pour mon magnifique cu… AÏE !!

Pressé, en voulant faire vite pour briser le malaise environnant, je me prends bêtement le coin de la table dans le haut de la cuisse. Et croyez-moi, ce n'est pas une douleur plaisante. Je lâche aussitôt un faible couinement très peu viril, mes dents se pinçant et mes fesses se fermant tandis que je me retiens de hurler, les larmes perlant au coin de mes yeux. Qui a foutu cette table ici ?

— Taesong vient de se faire enculer par une table !

Namkyu explose de rire, la tonalité de sa voix résonne brutalement autour de nous et fait même rire Hyosik. Il est vrai que Namkyu a un rire communicatif, et très sincèrement, aussi maladroit soit-il, je suis content qu'il soit là pour détendre la lourde atmosphère installée autour de nous. Mais pas pour se foutre de ma gueule.

— Je me la suis prise dans la cuisse, abruti ! Et je suis aveugle ! Ris pas de moi !

— Oooh, détends-toi la moule un peu !

Je m'assois en grognant aux côtés de Jongguk qui rit discrètement à cause de la scène qui se déroule sous nos yeux, tandis que Namkyu vient lui aussi s'échouer à mes côtés. Son bras s'enroule de manière joueuse autour de ma nuque, et il me serre brutalement contre lui sans que je m'y attende, en faisant pareil avec l'autre garçon à l'autre bout de la banquette, autrement dit Hyosik. Je le reconnais en l'entendant râler contre Namkyu pour qu'il le laisse tranquille.

— Allez, arrêtez de faire vos coincés ! Josik, ris un peu ! T'es accroché à ton mec depuis le début de la soirée comme une sangsue. Même si je me doute que tu ne suces pas son sang, hein. P'tit coquin.

— C'est Hyosik, en fait.

— Bof, à une lettre près, tu ne vas pas me traîner en justice.

Je lâche un faible rire avant de le repousser pour pouvoir me tourner vers Jongguk. J'ai envie de lui parler depuis que je suis à ses côtés, même si très honnêtement, je ne sais pas quoi lui dire. C'est plus fort que moi, j'ai l'impression que si nous ne parlons pas, il me manque quelque chose. Un vide que je dois combler par sa présence.

— Hey.

Je me sens ridicule avec mon faible salut, mais pour mon plus grand bonheur, Jongguk ne s'en formalise pas.

— Hey mon aveugle préféré. Comment ça va depuis la semaine dernière ?

— Oh, eh bien, comme tu peux le constater, mes yeux ne sont toujours pas revenus. Alors on fait all... Namkyu !!

Cet abruti rit à moitié dans mon tympan, son front collé à ma tempe alors qu'il me pousse de manière peu discrète vers

Jongguk en faisant pression sur mes côtes. Il semble avoir délaissé Hyosik, et un peu plus loin, j'entends Wei partir vers le bar après avoir demandé à Jaemin ce qu'il souhaitait boire.

— Une vodka-Coca, s'il te plaît, mais fais bien attention qu'on ne mette rien dans mon verre.

— Oui poussin, ne t'inquiète pas. Taesong, tu veux quelque chose ?

— Un Coca tout simple, s'il te plaît.

— C'est noté ! Hyosik, tu veux venir avec moi ?

— Euh… Je…

— Hyo, ça va, je peux me débrouiller tout seul, je suis un grand garçon.

C'est la petite voix de Yongso qui lui répond, et il me semble qu'elle est plus faible qu'il y a quelques jours.

— D'accord, bon alors je viens ! Yongso, tu veux boire quelque chose ?

— De l'eau, ça ira.

Hyosik lâche un faible soupir, sans que je ne comprenne pourquoi, avant de disparaître quelques secondes après aux côtés de Wei parmi la foule.

— Taesong…

La voix de Jongguk résonne doucement près de mon oreille, et c'est curieusement que je tourne mes yeux sombres vers lui, comme s'il m'était possible de le fixer à travers l'obscurité qui a pris possession de mes iris. Je l'imagine là, face à moi, sur le point de me dire un secret. Ses yeux plongés dans les miens, ses lèvres sur le point de s'ouvrir pour laisser sa voix parvenir à moi, et ainsi faire en sorte par la même occasion que son souffle chaud vienne s'écraser sur mes joues de par notre proximité.

— Oui ? Est-ce que ça va ?

— Oui, moi ça va. Mais Jaemin et Yongso, par contre… Il y a quelque chose entre eux ? Ils se fuient du regard.

Je mordille faiblement ma lèvre inférieure de nervosité suite à sa question, comprenant l'inquiétude de Jongguk, surtout vis-à-vis de Jaemin et de ce qu'ils ont vécu ensemble, d'après ce dernier. Mais l'histoire qui se déroule entre les deux autres, ça les regarde. Et si Jaemin ou Yongso souhaite en parler, ce n'est pas à moi de le faire. Je ne peux pas me permettre ce genre de choses. Alors je préfère offrir une réponse sincère à Jongguk pour couper court à ses pensées et empêcher ses interrogations de se propager.

— Je ne sais pas vraiment en profondeur ce qu'il y a, mais oui, il y a bien quelque chose. Et c'est à eux de régler ça.

— Oh, je vois. Bon, dans ce cas, on devrait peut-être les laisser. Tu danses ?

Je manque de m'étouffer quand il dit ça, et je lâche un rire fébrile face à sa question. Moi ? Danser ? Je ne savais pas faire en y voyant, mais alors en étant aveugle…

— Non, c'est mort. Il n'est pas question que j'aille danser. J'aurais l'air d'un gros con. Et tu peux dire adieu à tes orteils.

— Arrête tes conneries un peu. Et puis, ce serait un plaisir de me faire piétiner par toi. Allez, lève-toi, je vais te guider.

Je sens le corps de Jongguk se lever près de moi, accompagné de son rire cristallin, et quelques instants après, c'est sa main qui vient à l'encontre de la mienne.

— Non, lâche-moi ! Lâche-moi ou j'appelle à l'aide !

— Là, tu vas te ridiculiser tout seul. Allez, fais un effort, s'il te plaît, Taesong. Tu auras une récompense si tu veux, après.

Oh. Il ne faut pas me dire ça. Il m'en faut très peu pour me motiver. Surtout devant la voix de Jongguk qui fait, d'après moi, des sous-entendus peu catholiques.

— Tiens tiens. Et j'aurais droit à quoi ?

— Arrête d'agiter tes sourcils dans tous les sens. Ça ne sera pas des trucs de cul !

— Le cul de qui ?

Namkyu, toujours là, vient s'incruster dans la conversation, l'air de rien. Et autant vous dire que je n'ai pas envie de me lancer dans un débat sexuel avec lui, là, tout de suite.

— T'occupes, je vais danser avec Gukkie. Laisse les deux autres tranquilles ! Et sois sage !

— Je le suis toujours, voyons.

Je tousse de manière exagérée pour lui montrer que j'ai toutes les raisons du monde de m'inquiéter, avant de prendre la manche de Jongguk entre mes doigts pour le suivre vers la piste de danse.

Je suis assez nerveux au fur et à mesure que mes pieds frôlent le sol en direction de la symphonie bruyante qui se joue devant moi. J'ai une certaine appréhension concernant ce qu'il va se passer quand Jongguk et moi serons face à face sur la piste de danse. Je ne sais pas danser, surtout en boîte ou dans des pubs. Même avant, quand j'y voyais encore, je me contentais de rester en retrait, ne souhaitant pas me mêler aux autres et préférant juste regarder ces gens meilleurs que moi se déhancher sous mes yeux. Alors, imaginez maintenant que je n'y vois plus. Comment est-ce que je peux suivre le rythme des gens alentour correctement sans même savoir ce qu'ils dansent ? C'est impossible. Je vais me ridiculiser. Et plus la musique et les rires des gens se rapprochent, plus j'ai envie de prendre mes jambes à mon cou. Je commence à avoir chaud sous mon pull kaki, et ma main devient moite tandis que je tiens encore la manche de Jongguk entre mes doigts.

— Jongguk, quand on sera entouré de tous ces gens, ça ne va pas te rendre anxieux ?

— Non, je resterai près de toi, et ça ira.

Je hoche la tête, ma langue passant sans cesse sur mes lèvres d'un geste nerveux. Les notes qui résonnent tout autour de moi sont très sensuelles, et elles se font plus prononcées quand enfin, avec Jongguk, nous posons nos pieds sur la fameuse piste. Je compte expressément lui faire part de mon envie de me barrer d'ici en vitesse, mais sa main vient soudainement de manière confiante s'enrouler autour de mes hanches pour atterrir dans le creux de mon dos. D'une simple pression directe et franche, il me ramène contre son torse, ses lèvres s'approchant de mon oreille alors que je suis littéralement transi de terreur entre ses bras.

— Je vais te guider. Détends-toi. Laisse-moi t'apprendre.

Son souffle est terriblement chaud et délicat contre la pulpe de mon oreille, et, comme un adolescent timide à l'idée d'aller pour la première fois au bal du lycée, je pose lentement mes mains à plat sur son torse pour me retenir à lui. Il frémit légèrement sous mes doigts, d'une façon que peu de personnes auraient su percevoir. Mais comme mon toucher s'est développé suite à la perte de ma vue, je le ressens, son corps parcouru de ce léger soubresaut. La chaleur autour de nous est soudainement devenue caniculaire, et l'atmosphère, électrique. C'est insoutenable. J'ai du mal à respirer correctement, mon cœur bat plus vite dans ma cage thoracique et mon ventre est pris d'assaut par des vagues d'effervescence délicieuse que je ne sais contrôler. C'est si brusque, si soudain. Ça m'est tombé dessus sans même que je ne m'en rende compte.

Et entre les bribes de cette moiteur insoutenable qui flotte autour de nos corps enlacés, je sens parfaitement bien Jongguk qui se mouve sensuellement contre moi. Son bassin vient à la rencontre du mien de façon taquine, presque irréelle tant il ne se frotte à moi qu'en surface. Sa main se fait plus pressante contre la chute de mes reins, m'amenant contre son haut qui laisse passer à travers le tissu la fièvre qui s'est éprise de son corps. La tension monte de plus en plus entre nous, mon corps suivant le sien comme s'ils étaient faits pour ça depuis toujours. Je ne me sens plus ridicule du tout, le souffle de Jongguk qui s'échoue contre mes lèvres me donne cette forme de courage dont lui seul a le secret.

C'est ainsi que je comprends qu'il est vraiment proche. Qu'il est juste *là*. Qu'il suffit que je me penche, de seulement quelques millimètres, ou même que j'éternue, pour qu'on s'embrasse. Pour que la douceur brûlante qui vibre dans mon bas-ventre explose. Et me fasse exploser avec elle.

Je n'ai jamais eu autant envie d'être consumé tout entier par mes sentiments qu'à cet instant précis. Je veux découvrir ce que cela ferait si nos croissants de chair se découvraient et s'embrassaient pour la toute première fois.

Je veux aimer, comme jamais je n'ai aimé auparavant.

— Jongguk…

Mon soupir désireux ressemble plus à un couinement de supplication qu'à autre chose, mais je n'arrive pas à faire autrement. Tout est en train de se déchaîner en moi, et je sais qu'il faut que je lâche prise. Je dois me détendre comme il me l'a dit plus tôt, mais le défoulement de mes émotions me pousse à faire l'inverse.

Je le sens, juste là. Juste devant moi. Ce garçon qui m'attire plus que je ne veux le laisser paraître. Il suffit que je tende les lèvres. Que je penche la tête doucement de côté pour laisser mon trop-plein d'émotions le bousculer, tout comme nos nez le feraient pendant le baiser. Et j'y suis presque.

Son buste contre le mien, ce dernier trempé de sueur sous mon pull. Sa main remontant dans mon dos jusqu'à la naissance de ma nuque. Son front venant s'appuyer de manière protectrice contre le haut de ma tête. Son nez frôlant le bout du mien, et par la même occasion, ses lèvres que je sens fines à quelques millimètres de mes propres chairs. Tout ça me rend fou.

Il me rend fou. Ses gestes, ses taquineries, ses agissements, son rire qui résonne près de moi, mélodie magnifique qui se mêle avec perfection à la musique alentour. Tout ça va finir par avoir raison de moi. Je le sens. Mon cœur ne peut plus subir une telle pression émotionnelle, et moi non plus, d'ailleurs. Mes jambes tremblent tellement que je me demande comment j'arrive encore à tenir debout. C'est incroyable, ce qu'il se passe. Il est incroyable.

Alors, enfin, je prends mon courage à deux mains, et je tente de faire le premier pas. Gauchement, je viens à la rencontre de ses lèvres, faisant un tout petit pas en avant pour réduire au nombre de zéro les particules d'oxygène qui nous séparent encore. J'y suis presque. Je le sens. Son souffle ricoche contre mes lèvres comme s'il me respirait. Et moi, je ne vois qu'à travers son odeur. Son propre effluve enivrant, entêtant. J'aime son odeur. Et alors que je suis à deux doigts de faire enfin exploser la passion qui vibre dans mon ventre, de lui donner ce baiser caché qui persiste pour lui seul au coin de mes lèvres depuis tant d'années, il met ses mains sur mes épaules et me repousse.

D'abord doucement, puis plus abruptement.

C'est comme si je venais de me prendre une gifle en pleine tête. Cette situation venait de passer de romantique à chaotique. Qu'est-ce qu'il m'a pris aussi de croire qu'il serait un tant soit peu intéressé ?

— Taesong, tu, hm… Tu viens d'écraser mon pied.

Je ne dis rien, beaucoup trop perdu par la déception qui résonne en moi. Je me recule sagement de lui comme il le désire, ayant l'impression qu'un immense gouffre vient de se creuser entre nous. Je suis sincèrement désolé. Désolé d'avoir cru que quelque chose pour une fois dans ma vie pourrait se passer comme je le désirais.

Fais chier.

— Pardon.

C'est le seul mot que je suis capable de souffler d'entre mes lèvres tremblantes de honte. Je suis désorienté, la passion qui animait chacun de mes gestes venant subitement de s'envoler pour me laisser à nouveau baigner dans ce vide immense qui m'habite depuis plusieurs mois déjà.

— Ce n'est rien, on continue de dans…

— Non, désolé, je vais voir Jaemin.

— Eh, Taesong. Taesong, attends !

Sa main me frôle vaguement, tentant de me retenir sûrement, pour qu'il puisse me présenter de plus sincères excuses. Qu'est-ce qu'il aurait pu dire de toute façon ? « T'es gentil, mais… » Je suis un grand garçon, je peux accepter un râteau. Je n'ai pas besoin de ses belles paroles.

À tâtons, parce que ma canne était restée à la table étant donné que c'est Jongguk qui m'a guidé à travers cette foule en folie, je réussis enfin à rejoindre les autres. Enfin, c'est surtout Wei qui est venue me chercher quand elle m'a vu déboussolé et complètement à l'opposé de l'endroit où ils étaient tous.

— Taesong, tu veux manger quelque chose ? Tu es tout pâle.

— Non, ça va.

Je la repousse gentiment, la gorge nouée à cause de ce qu'il vient juste de se passer. Je m'en veux de m'éloigner d'elle à cause de la déception qui me hante, mais heureusement, elle me connaît bien, maintenant. Sa main trouve doucement le chemin jusqu'à mes cheveux en pagaille, qu'elle caresse tendrement. Même sans que je parle, elle sait exactement de quoi j'ai besoin, et ça me fait énormément de bien.

— Merci. Et dis, Jaem, il est où ?

— Je crois qu'il s'est isolé avec Yongso pour lui parler. Quand je suis revenue avec Hyosik, il n'y avait que Namkyu qui s'enfilait des shoots en se mettant au défi tout seul.

Je lâche un petit rire en imaginant sans mal Namkyu tout content sur la banquette en velours, se mettant lui-même au défi de boire le plus de verres possible.

— D'accord. Namkyu est toujours là ? Je ne l'entends pas.

— Non, il est parti se trouver quelqu'un sur la piste. Et toi, ça va ? Je t'ai vu de loin te déhancher avec ton Gukkie, c'était chaud patate !

Il ne me faut pas plus de trois secondes pour me sentir rougir, mes joues et le bout de mes oreilles prenant instantanément feu. Je ne me souviens plus des gestes que faisait mon corps tout à l'heure, mais ce qui est certain, c'est que je me rappelle encore la passion et la chaleur qui ont empli mon ventre. Et comment ces sensations ont disparu aussi vite qu'elles sont apparues.

— Ton fantasme pour les mecs gays va te faire du tort, Wei. Allez, je vais chercher Jaemin.

— Non mais je vous trouve juste mignons, je ne fantasme pas... Bon, peut-être un peu, oui.

Elle rigole près de moi en enroulant ensuite comme à son habitude sa main autour de mon avant-bras pour me guider.

— Je t'accompagne. Je crois qu'ils sont allés vers le coin fumeurs à côté des toilettes. Enfin, d'après les paroles d'un Namkyu bourré.

Je hoche la tête, content de l'avoir à mes côtés. Je n'ai pas envie de me retrouver tout seul dans ce pub après ce qu'il vient de se passer. Je ne veux pas déprimer dans mon coin et plomber l'ambiance. J'aurai tout ce loisir plus tard, là il y a des choses plus importantes qui passent avant moi, comme l'état de Jaemin. Je sais sans le moindre doute qu'il est en sécurité avec Yongso, je lui fais confiance grâce à l'amour que lui porte mon meilleur ami. Mais je veux simplement m'assurer qu'il va bien. C'est donc ainsi que je suis Wei à travers des gens qui rient et d'autres qui crient tant ils sont bourrés. L'ambiance alentour finit par me faire oublier le rejet de Jongguk, me faisant même sourire quand j'entends les blagues pourries que fait un mec bien torché non loin de là.

— Attention, baisse la tête, la porte est basse. Voilà.

La jeune femme devant moi appuie doucement sur ma tête pour m'indiquer quand je dois la baisser, puis nous nous rendons ensuite à l'extérieur, dans un petit espace dédié aux fumeurs.

— Tu les vois ?

— Non, Taesong.

Nous sommes restés dix bonnes minutes dans cet endroit qui pue la clope, l'air frais faisant rosir nos joues et voler nos cheveux. Nous ne parlons pas, Wei tentant de les apercevoir et moi de les entendre. Mais en voyant bien qu'ils ne sont pas là, nous faisons demi-tour en évitant à nouveau de nous manger le haut de la porte.

— J'espère juste qu'ils vont bien. Namkyu n'a rien dit d'autre ? S'ils ont parlé ensemble ou quelque chose comme ça avant de s'éclipser ?

— Non, mais Namkyu y voyait flou, tu sais.

On rit ensemble en connaissant bien l'état désastreux de Namkyu quand il est pompette, avant que je ne m'arrête brusquement. J'entends assez nettement une voix familière venir d'une des cabines des toilettes qui se trouvent non loin de la porte du coin fumeurs.

— … Combien tu fais maintenant ?

— T'occupe pas de ça. T'es pas obligé de me regarder avec tes yeux remplis de pitié. Je vais très bien.

— Te fous pas de moi, t'es à deux doigts de perdre un os, Yongso.

Mes sourcils se froncent d'incompréhension, et je sais que c'est la même chose pour Wei à côté de moi. Ils parlent de quoi ?

— Bon écoute, si tu veux me parler pour me prendre la tête sur mon poids, tu peux me foutre la paix. J'ai déjà Hyosik qui s'inquiète comme un fou dès que je refuse de manger du chocolat, je n'ai pas besoin de toi en prime. Je pensais que toi au moins, tu… tu comprendrais. Et que tu ne me jugerais pas.

— Yongso, je ne te juge pas. Je m'inquiète, c'est différent. Et je veux comprendre ce qui ne va pas pour t'aider. Depuis combien de temps tu es mal comme ça ?

Un silence pesant et lourd de secrets répond à la petite voix inquiète de Jaemin, et j'imagine sans mal ses yeux devenus brillants par les larmes salées qu'il retient. Parce que dès que quelqu'un qu'il aime souffre, ça le rend très sensible, et il est à deux doigts d'en pleurer.

— Je n'ai pas envie qu'on m'aide. Je n'ai pas envie de manger et de prendre du poids. Je suis déjà assez immonde ! Regarde mon corps ! Regarde comme il est laid. Je veux qu'on me laisse. Fous-moi la paix.

— Non.

Je sursaute légèrement en entendant la voix de Jaemin claquer dans l'air de façon aussi sèche et directe.

— Non, je ne te laisserai pas. T'auras beau me dire de me casser, que tu me détestes, je m'accrocherai à toi de toutes mes forces. Il n'est pas question que je te laisse sombrer là-dedans. Il n'en est pas question, tu entends ? Et je me fous que tu ne veuilles pas d'aide. Je ne vais pas te mettre une cuillère remplie de Nutella sous le nez. Je vais te faire reprendre goût à la vie. Je vais te faire vivre, autant que toi tu m'as fait vivre. C'est possible, d'accord ? Tu vas t'en sortir, tu vas guérir. Et je serai là, à chaque pas que tu feras pour t'en sortir. À chaque pas qui t'arrachera une larme ou un cri de douleur, je serai là pour faire des bisous magiques sur la plaie que ça aura ouverte en toi. Laisse-moi être là, Yongso. Laisse-moi t'apprendre à vivre à nouveau. Prends ma main et accepte de sortir de cet endroit sombre avec moi. Fais de moi ta lumière parmi tes ténèbres.

Wei tire si fort sur ma manche que c'est seulement quelques minutes après que je réalise qu'elle essaie de me faire partir. On a ce qu'on voulait, Jaemin va bien, en somme. Nous n'avons pas à entendre ça, nous n'avons pas à être là. Mais ça me fend le cœur de savoir que Yongso souffre autant et que Jaemin par tous les moyens veut l'aider à survivre. Survivre face à son propre océan intérieur qui tente de l'engloutir. J'en ai les larmes aux yeux.

— Taesong, s'il te plaît, on ne devrait pas...

— Taesong !

Je suis à peine remis du petit discours de Jaemin que je ne comprends pas vraiment que c'est la voix de Jongguk qui vient de m'appeler. Et je ne comprends pas non plus que c'est lui la force fougueuse qui vient de me coller contre un des murs de la petite pièce où l'on se trouve. Sa main se pose à l'arrière de mon crâne, dans le but que ma tête ne frappe pas la surface dure derrière moi, et sa seconde main ne tarde pas à trouver le chemin de ma joue.

Je halète vraiment fort, alors qu'il ne se passe rien. Mais les événements qui viennent de s'enchaîner m'ont bouleversé. Alors, je suis perdu. Je suis sincèrement perdu quant à tout ce qu'il se passe autour de moi.

— Tu n'imagines même pas à quel point tu me plais, Taesong. T'imagines vraiment pas à quel point tu me rends dingue. Que ce soit tes mains, ton odeur, ton nez ponctué de ce petit grain de beauté si délicat, tes lèvres fines mais terriblement majestueuses quand tu souris. Que ce soit toutes ces choses qui t'appartiennent ou simplement la façon dont tu t'habilles, tout chez toi me plaît. Alors oui, je ne t'ai vu que quelques fois, mais tu as ce truc en toi qui fait que je veux pousser notre relation plus loin. Mon cœur bat anormalement vite quand tu es à mes côtés, j'ai chaud quand tu me souris, et je panique quand je suis seul avec toi, mais je me sens tellement bien en ta présence. Je me sens moi-même. Rassuré et compris.

— Qu'est-ce que tu dis…

J'ai du mal à parler correctement. Mes jambes sont semblables à du coton, sa main à l'arrière de ma tête caresse discrètement mes mèches sombres, et son souffle qui ricoche contre mes joues ne m'aide pas à garder les idées claires.

— Je ne veux pas perdre plus de temps à t'expliquer. Laisse-moi juste terminer ce que tu as commencé.

Je veux répliquer en lui demandant de quoi il parle au juste, jusqu'à ce que je les sente enfin.

La douceur humide de ses lèvres sur les miennes.

Et là, autant dire que mon cerveau n'est plus fonctionnel du tout. Je viens d'être brutalement, mais de manière exquise, coupé du monde. Mon ouïe ne marche plus totalement, me laissant simplement entendre la faible brise fiévreuse qui s'échappe du nez de Jongguk pour venir entrelacer la mienne. Je perçois les sons que font ses lèvres quand elles ne cessent de prendre d'assaut les miennes pour m'offrir un baiser doux en surface mais tellement plus intense en profondeur.

Je suis perdu, et à la fois, je sais pourquoi je suis vivant. Mon ventre est submergé par un puissant tsunami de feu ardent, laissant cette passion qui dort en moi s'éveiller et prendre entièrement possession de mes actes.

C'est ainsi que mes mains viennent timidement toucher Jongguk, mes doigts parcourant plus nettement sa nuque chaude une fois que je suis plus à l'aise. J'ai terriblement besoin de le toucher, de découvrir son grain de peau si délicat sous la pulpe de mes doigts. Je veux que son corps se souvienne de moi. Que les frissons que je lui provoque soient à jamais ancrés dans son esprit.

Il est merveilleux. Jongguk est merveilleux. Et je pense sincèrement que je vais m'envoler avec lui, mes phalanges remontant dans ses cheveux soyeux que je tire entre mes mains sous le dynamisme de notre baiser pour m'accrocher à lui.

— D… Doucement.

Son rire résonne contre mes lèvres, se répercutant jusqu'à mon cœur pour le faire battre encore plus vite, alors que je rougis en ayant eu peur de lui faire mal.

— Est-ce que j'ai tiré trop fort ?

Je chuchote contre ses lèvres, son front appuyé au mien, comme si tout ce qu'il venait de se passer était un secret entre nous.

— Non, tu as été très doux, Taesong. Très doux. Ne t'inquiète pas.

— C'est que je ne voudrais pas te rendre chauve.

Jongguk explose soudainement de rire en m'entraînant avec lui, sa main revenant trouver ma joue qu'il caresse légèrement en surface avec le dos.

— C'est plaisant. Mais j'avoue tenir à mes cheveux.

— Ah, mais vous êtes làààà ! Vous avez baisé, ça y est ? Jongguk, pourquoi t'as une cuisse entre celles de Taesong ? Et pourquoi vous êtes si proches ? Et pourquoi… Ooooh non ! J'ai capté ! Vous vous êtes pécho sévère ! Taesong est plus vierge !!!!

— Merde, Namkyu.

Il glousse comme un dindon à quelques mètres de moi, bientôt stoppé par Wei qui lui frappe l'arrière de la tête au vu du bruit qui résonne juste après.

— Ah mais t'es malade ! Tu veux je perde ma tête, toi ?! Elle est fooolle ! Un peu plus et j'étais dégautillé !

— On dit « guillotiné ».

— Si tu le dis. Allez, on retourne danser ? J'ai vu un beau mâle qui se trémoussait là, *oh ma gad*.

Jongguk éclate de rire près de moi en se décollant de mon corps moite, et prend juste après ma main dans la sienne pour croiser affectueusement nos doigts ensemble. C'est donc ainsi que pendant le trajet jusqu'à la table, nous nous sommes échangés des petites caresses ici et là. Tantôt c'est mon pouce qui caresse le dos de sa main, ou tantôt ce sont ses lèvres qui embrassent mes doigts quand il porte nos mains enlacées à sa bouche. Il est vraiment doux et ça fait du bien de se sentir aimé comme ça. J'ai l'impression de baigner dans une bulle de confort et de protection avec lui, qui est telle que je suis coupé du reste. Je me sens fort, capable de réussir tout ce que j'entreprends s'il est à mes côtés. Ce sentiment me fait peur, mais je compte apprendre à connaître Jongguk pour être plus à l'aise.

Un sourire idiot sur les lèvres, je suis vite tiré de cette douceur candide dans laquelle je suis immergé, et cela par la voix pâteuse de Namkyu.

— Pourquoi Hyosik se bourre la gueule tout seul ?

Son interrogation suscite aussitôt mon intérêt, me tirant brutalement de mes pensées gorgées d'amour et de bien-être.

— Qu'est-ce que vous voyez ? Jongguk ?

Je déteste demander ce genre de chose, mais il faut avouer que j'y suis bien contraint.

— Jaemin et Yongso sont revenus. Ils essaient de faire poser son verre à Hyosik qui crie et qui se débat. Je crois qu'il est salement éméché.

Salement éméché ? Hyosik ? Mais qu'est-ce qu'il se passe là-bas ? Yongso et Jaemin ont dû revenir pendant que j'embrassais Jongguk, c'est même très probable, mais que s'est-il passé en si peu de temps ?

— Eh, eh, Yongso, ça te plaît, hein ? Avoue que tu kiffes quand je m'inquiète pour toi comme un taré mais que tu vas t'enfermer dans les chiottes avec ton ex. Tu aimes quand je m'inquiète pour rien ? Tu aimes me prendre pour un con ?

— Hyosik, arrête de boire, tu dis des choses que tu ne penses pas. S'il te plaît, pose ton verre.

Quand nous arrivons près de tout ce remue-ménage, j'entends la voix de Jaemin tenter de raisonner le petit ami de Yongso. Ça s'entend clairement dans ses paroles pâteuses qu'il est complètement bourré.

— Hyosik, j'aimerais que tu arrêtes, s'il te plaît. Je n'ai pas couché avec Jaemin dans les toilettes. On a juste parlé pour mettre les choses au clair entre nous. C'est tout. Pose ton verre, maintenant.

— Pour parler de quoi, au juste ? Tu refuses de me dire tout ce qui le concerne quand je te le demande ! Tu évites toujours le sujet et tu me couvres d'attentions et de baisers pour essayer de me faire oublier mes interrogations ! Mais ça ne marche pas comme ça, Yongso, tu ne peux pas toujours tout régler en détournant mon attention.

Je pense que Namkyu va rire suite à leur dispute, parce que dès qu'on fait des allusions au sexe et qu'il est un peu trop bourré, c'est la meilleure barre de sa vie, mais il n'en fait rien. Il règne autour de la table une atmosphère terriblement tendue, et à la fois étrangement calme. D'ailleurs, même la musique semble avoir baissé de volume, ainsi que l'agitation alentour qui paraît avoir diminué.

— Hyosik, tu me fais une scène ici ? On aurait pu en parler ensemble, j'aurais essayé de comprendre ton ressenti !

— Tu sais même pas à quel point ça me fait mal, ta façon de te comporter ! Je sais que tu l'aimes encore, je sais que tu me caches des choses sur votre relation passée, et si tu avais pris le temps de tout m'expliquer quand je t'en faisais la demande, j'aurais été compréhensif ! Je ne suis pas méchant, je ne cherche pas à vous séparer ! J'aurais seulement voulu comprendre !

Hyosik hurle désormais, et la douleur qui transparaît à travers sa voix est telle qu'elle me frappe de plein fouet.

— Ce combat que tu mènes contre toi-même depuis des mois, je veux le faire à tes côtés sans que tu me repousses. Je suis là pour toi, mais si ce n'est pas ton cas, à quoi ça sert tout ça, hein ? À quoi ça rime nous deux si au bout du compte, t'en as rien à foutre de moi ?

— Dis pas ça, Hyosik, je t'aime. Tu ne sais même pas à quel point je t'aime. T'as pas le droit de dire ça. T'es bourré ok, mais pèses tes mots. Jaemin et moi, c'est terminé. C'est fini depuis bien longtemps, et si je voulais retourner avec lui, je l'aurais fait depuis un moment. Mais je t'ai choisi toi. Ce n'est peut-être pas assez significatif parce qu'avec ce qui me ronge en ce moment et le retour de Jaemin dans ma vie, ça rend notre relation bancale, mais je tiens à toi. Je te le jure. Je suis désolé de te blesser. Je suis sincèrement désolé que tu te sentes mal comme ça par ma faute.

— N'approche pas !

Au cri qu'Hyosik vient de pousser, je devine que Yongso tente d'aller vers lui.

— Je te connais, Min Yongso.

Sa voix devient beaucoup plus douce soudainement, plus posée.

— Je te connais assez bien maintenant pour savoir comment tu mens. Cette manière que tu as de lécher ta lèvre supérieure quand tu n'es pas à l'aise, quand tu me racontes n'importe quoi, comme quand tu finis le dernier yaourt, je la connais. Alors je vais te reposer la question une dernière fois, et sache que peu importe la réponse, je t'aimerai toujours. Et je ne t'en voudrai pas. Mais dis-moi la vérité. Qu'est-ce qu'il s'est passé dans les toilettes ?

Jongguk serre ma main plus fort dans la sienne, comme s'il craignait la foudre hyosikienne qui allait s'abattre dans la salle, attendant la réponse de Yongso comme nous tous désormais.

— Hyosik, arrête. Pas ici.

— Dis-moi. S'il te plaît.
— J'ai… Enfin… J'ai…
Il ne finit pas sa phrase, coupé en plein milieu par la voix tremblante de Jaemin.
— C'est ma faute, Hyosik. C'est moi et moi seul, d'accord ? S'il te plaît, ne lui en veux pas. Je… C'est moi qui l'ai embrassé.

13

Hamster

Un mois plus tard...

Un mois.

Un mois que Jongguk est comme porté disparu.

Un mois qu'il ne parle plus à Taesong, depuis ce fameux soir où tout a été à la fois commencé et consommé entre eux.

Un mois que Taesong devient fou, à passer ses journées à tenter de joindre le garçon qui a volé son cœur, mais qui s'obstine à le garder. Il est inquiet, terriblement. Il le voit en ligne sur certains réseaux sociaux, et même s'il n'est pas actif, ça le rend dingue.

C'est donc un mois après, alors que novembre est bien entamé par l'hiver qui règne à l'extérieur des bâtisses de Daegu, que la gracieuse silhouette d'un jeune homme se dresse devant l'appartement de Taesong et Namkyu.

Il a récemment teint sa chevelure dans des tons pourpres, ceux-ci arborant de légers reflets roses sous les quelques rayons de soleil timides qui se cachent derrière les gros nuages gris. Un long manteau noir molletonné, peu cher et très confortable qui lui descend en dessous des genoux, essaie de le mélanger au décor bien que ce n'est pas chose aisée au vu de sa couleur de cheveux.

Une fois devant la petite demeure des deux garçons, il frappe simplement quelques coups bien distincts sur la porte d'entrée avec sa main baguée, et attend sagement qu'on lui ouvre en planquant son nez dans son écharpe duveteuse.

— Wei, dis à Taesong d'aller se laver !! Il pue beaucoup trop ! Oh, salut Jaem.

Namkyu, toujours aussi fidèle à lui-même, vient d'apparaître dans l'encadrement de la porte. Un sourire immense illumine son visage et creuse deux petites fossettes dans ses joues rebondies.

— T'as refait une couleur ? On dirait un navet.

— Ouais bon, je me pèle le cul, pousse-toi au lieu de critiquer.

Namkyu roule des yeux en s'effaçant dans l'entrée pour laisser passer le plus jeune qui grelotte malgré les tonnes de couches sous lesquelles il est emmitouflé.

— Alors ? Taesong va mieux ?

— Oui ça va, il attend toujours des nouvelles de Jongguk, il garde espoir mais je crois qu'il se fait petit à petit une raison, et... Ah non, tu ne mets pas ton écharpe trempée sur mon manteau ! Vire-la d'ici !

— Mais elle n'est pas trempée, elle est juste froide !

— C'est pareil.

Les deux garçons se fusillent du regard, Jaemin se mettant à écraser les orteils du plus vieux pour qu'il le laisse tranquille. Ce dernier se met à hurler de douleur en agitant ses bras dans tous les sens, face à un Jaemin qui ne peut s'empêcher de pouffer de rire.

Visiblement, Namkyu gueule presque tout le temps dans cette histoire. Mais passons.

Un troisième garçon vient alors pointer le bout de son nez, sortant de sa chambre enroulé dans un immense plaid qui traîne au sol et qui l'engloutit complètement. Il a une mine affreuse, à la fois fatiguée et tiraillée de douleur.

— Jaemin ? Pourquoi tu cries ?

— Parce que notre meilleur ami me casse les pieds.

— Pour ta gouverne, c'est toi qui me les casses hein, et au sens propre.

— J'en ai rien à faire, c'est toi qui as commencé. De toute façon, je viens pour Taesong.

Jaemin ajuste ses cheveux puis le col roulé de son pull en laine bleu marine, avant de s'avancer vers Taesong pour foncer aussitôt entre ses bras, se forgeant une place contre son torse chaud.

— Taesong…
— Ouais je sais, je pue. Je vais aller me laver, Jaem.
— Non, je m'en fous de ça. Je veux savoir comment tu vas.
— Tu veux dire, après avoir vécu la plus courte relation amoureuse du monde ? Je m'en sors bien.

Évidemment, il ment. Et ça, Jaemin, comme Namkyu, le sait.

Pendant les semaines qui ont succédé au silence radio de Jongguk après cette soirée désastreuse – pour bien du monde – au Myosotis, Namkyu, Jaemin et Wei s'étaient relayés pour venir voir Taesong. D'ailleurs, celui-ci commençait à en avoir sérieusement marre qu'on le materne comme s'il avait besoin d'une baby-sitter.

Il est grand, il peut gérer ce genre de choses et il est encore pourvu de ses deux jambes, par conséquent, il peut sortir tout seul pour s'aérer l'esprit. Il n'a vraiment pas besoin d'être materné en permanence.

— Tu as eu des nouvelles de…
— Non, je n'en ai pas eu ; maintenant, s'il vous plaît, arrêtez de me parler toujours de ça. Je passe petit à petit à autre chose, ça va.

Le noiraud sort doucement de l'emprise de Jaemin, pour marcher ensuite à tâtons vers la salle d'eau, tout en continuant de parler.

— En soi, ce n'est pas si terrible. On n'a pas vécu grand-chose avec Jongguk. Mais j'aurais simplement aimé avoir des explications. Le gars me plaque contre le mur, me roule une pelle sévère en manquant de devenir chauve par ma faute, puis il me laisse en plan. Ce n'est pas comme si on avait fait l'amour à s'en briser les os, donc côté tactile, ça va. Mais c'est plutôt sentimentalement parlant, vous voyez ? Ce mec m'a rendu barge en même pas trois secondes top chrono à se frotter à moi sur la piste ! Ensuite, j'ai malencontreusement broyé ses orteils, c'est vrai, mais lui aussi, il aurait pu faire gaffe où il les laisse traîner. Puis après…

— Taesong, c'est bon, je crois qu'on a capté. Va te laver maintenant, tu schlingues à mort, t'as tué toutes les plantes du salon sur ton passage.

Ledit Taesong fait un beau doigt d'honneur vers Namkyu, bien qu'en réalité, il est pointé en direction d'une plante dégarnie qui trône sur la table basse. Cela fait tout de même rire Jaemin qui s'installe dans le canapé en faux cuir du salon, pour attendre que Taesong revienne.

Et tandis que le noiraud entre dans une pièce, Wei sort d'une autre, l'air sur son visage doux et pétillant entouré de ses longs cheveux bleus, contrastant avec le temps maussade et triste à l'extérieur. Elle est en train d'aérer toutes les pièces de cet appartement et finit par faire son apparition en sortant de la chambre d'ami. Elle lance un doux sourire au nouvel arrivant et vient prendre place à ses côtés sur le sofa.

— Hey, beau gosse. J'aime ta nouvelle couleur, ça fait ressortir encore plus les traits de ton visage.

— Non mais tu ne trouves pas qu'on dirait un navet un peu ? Ou un radis ! Jaemin est un radis.

— Namkyu, je vais finir par faire un homicide volontaire.

Namkyu se contente de pouffer de rire pour toute réponse, ne le croyant pas un seul instant. Il change d'ailleurs de place après leur échange à moitié meurtrier et vient s'échouer sans perdre un instant aux côtés du beau coloré, pour venir martyriser ses joues dans le simple but de le faire chier.

— Bon, Jaeminie chou. Avec Yongso, y a de l'amélioration ? Depuis ce fameux soir où vous vous êtes roulé cette pelle dans les toilettes et qu'Hyosik s'est déshabillé en se mettant debout sur la table tellement il était bourré, on n'en sait pas plus !

— Il n'y a rien à savoir.

La voix du plus petit répond plutôt sèchement à son ami qui fronce les sourcils en se reculant pour le dévisager plus intensément. Et comme il le pensait, Jaemin évite son regard.

— Mec, ne me prends pas pour un jambon.

— Namkyu, il n'y a vraiment rien à savoir, d'accord ? Yongso est avec Hyosik, Hyosik est avec Yongso. Ce n'est clairement pas ce dérapage entre nous qui va briser leur couple. Ils sont plus forts que ça, et Hyosik est vraiment compréhensif. Je suis heureux que Yongso sorte avec quelqu'un comme ça, tu sais. On n'est pas dans une fiction, Hyosik n'allait pas péter un câble et balancer les nudes de Yongso par vengeance sur Internet parce qu'on s'est embrassés. Ils se sont écoutés et ils ont convenu ensemble que ce n'était pas grand-chose, sans doute. Que c'est pardonnable. Sincèrement, je n'en sais rien, et je m'en fous. Tout ce que je souhaite, c'est que Yongso aille bien, et s'il est heureux avec son copain, ça me rend heureux aussi. Je ne cherche pas à les séparer.

— Attends, attends... Mais sérieux ?

— De quoi ? Oui, je suis vraiment heureux s'il l'est. Ça semble si improbable que ça ?

— Hein ? Mais non ! Je parlais des nudes de Yongso ! Mais balance, je veux voir !

Voilà que le fessier de Namkyu rebondit frénétiquement sur les coussins du sofa près de Jaemin dans l'attente de voir les fameuses photos. Wei, de son côté, rit en voyant Namkyu agir ainsi. Mais elle est très admirative de l'ouverture d'esprit dont fait preuve Jaemin concernant la relation très étroite qu'il entretenait avec Yongso. Pour elle, il est bien plus que courageux. Il faut beaucoup de courage pour penser ainsi et se résoudre à se dire que son unique amour ne reviendra peut-être jamais vers lui.

— Merde, t'es irrécupérable ! Arrête de t'exciter sur le canapé, là !

— C'est pas ça être excité ! T'as pas dû avoir masse d'expérience, toi.

— Mais arrête de bouger tes sourcils comme ça ! Qu'est-ce que t'en sais d'abord ? J'ai de l'expérience !

Et c'est ainsi que le salon se remplit de cris et de hurlements divers, englobant un Namkyu qui tente par tous les moyens d'embêter Jaemin en lui répétant qu'il ressemble à une none qui vient d'un couvant.

— Pourquoi vous gueulez comme des bisons ? Ma tête, aaah.

Taesong, enfin tout propre, débarque dans le salon quelques minutes après s'être bien lavé, laissant flotter sur son passage une douce odeur de violette. Il fait mine de masser douloureusement ses tempes pour faire comprendre à ses amis qu'ils le dérangent.

— Namkyu sous-entend que je n'ai pas d'expérience sexuelle !

Jaemin se remet correctement sur le sofa en observant suspicieusement Namkyu faire de même, ayant peur qu'il vienne à nouveau l'embêter.

— Jaem, étant donné que tu as une histoire avec Gukkie, tu ne sais vraiment pas pourquoi il ne me parle plus ?

La petite voix de Taesong trahit la douleur qui martyrise son cœur à cet instant précis. Il veut simplement savoir. Savoir si c'est lui le problème. Est-ce parce qu'il est aveugle ? Jongguk veut-il éviter de s'encombrer d'un fardeau tel que lui ? Taesong est persuadé que non. Jongguk n'est pas comme ça. Il lui a vraiment montré de l'intérêt. Intérêt qu'on ne lui a jamais témoigné. Alors pourquoi disparaître tout à coup ? Pourquoi disparaître après avoir tant donné pour le connaître, et surtout après l'avoir embrassé ? Tout ça n'a aucun sens.

— Jaemin te l'a déjà dit au moins trente fois, Taesong. Il ne sait pas. Mais babe, ça n'a rien à voir avec toi, j'en suis sûr. Alors ne culpabilise pas, tu n'as vraiment rien à te reprocher.

— Je l'ai peut-être mal embrassé.

Namkyu soupire faiblement en venant chercher la main de Taesong pour le tirer vers eux tandis que celui-ci attend bêtement les bras ballants près du canapé, la mine froissée d'incompréhension. Le plus âgé le fait ainsi asseoir sur ses cuisses, glissant, sans lui demander la permission, ses bras autour de son buste pour lui donner une forme de repère. Jaemin, lui, une fois près de son meilleur ami juste à ses côtés, lève sa main et vient délicatement la passer entre les mèches humides de Taesong d'un geste entièrement délicat pour essayer de le rassurer, tandis que Wei s'y emploie de son côté avec des paroles qu'elle espère apaisantes.

— Bien sûr que non. Tu n'y es pour rien, et que ce soit ton premier baiser n'est pas non plus le problème. Ce n'est vraiment pas simple d'embrasser pour la toute première fois. On a peur, on angoisse, on ne sait pas si on va y arriver et on craint de passer pour un gros nul qui ne sait même pas faire, mais il faut un début à tout. C'est tout nouveau et, en plus, je suis sûre que c'était merveilleux, parce que tu as embrassé celui que tu aimes. Et ça rend la chose encore plus incroyable. Maintenant, pourquoi Jongguk ne t'a plus donné de nouvelles, je n'en sais rien, loulou. Mais ce n'est en aucun cas ta faute. Ni toi, ni ta cécité. J'en suis persuadée.

Les paroles de la jeune femme près de lui le rassurent, ainsi que la main de Jaemin qui passe entre ses mèches humides et les bras de Namkyu qui ceinturent sa taille. Il se sent entouré et compris, pour une fois. Parce qu'il n'est pas le seul à ne pas comprendre cette situation. Et quelque part, cette idée le réconforte.

Il compte par ailleurs donner sa réponse à Wei, et en profiter pour remercier une énième fois ses amis de le soutenir quoi qu'il arrive, quand il est brusquement coupé dans son élan par des coups frappés à la porte.

— C'est qui ?
— Je ne sais pas Namkyu. T'as invité quelqu'un d'autre à venir me materner ?
— On ne te materne pas. Attends, bouge, je vais ouvrir.

Non sans ménagement, le plus vieux des quatre pousse Taesong sur Jaemin pour se relever et se diriger vers la porte en se délectant des cris qu'il perçoit dans son dos.

— Espèce de brute ! T'es qu'une bête, Kim Namkyu !

— J'adore t'entendre gazouiller des mots tendres à mes oreilles, Taesong.

Il lâche un petit rire en entendant le noiraud grogner suite à ses mots, et ouvre ensuite la porte pour aussitôt laisser ses yeux se poser sur la silhouette d'un beau jeune homme qui lui fait face.

Mais brusquement, il a la sensation de se prendre une douche froide à l'instant même où ses pupilles rencontrent celles de son vis-à-vis. Et ce dernier aussi, d'ailleurs. Ils restent ainsi à se dévisager longuement, le regard de Namkyu venant de se faire aussitôt plus dur, plus froid.

Lui et l'inconnu ne se connaissent pas, pourtant. Mais ils se sont vus une fois, et pas dans de super conditions. Sauf que la tenue du jeune homme face à lui n'est pas la même que ce jour-là. Aujourd'hui, il porte un simple T-shirt large tout blanc recouvert d'une veste de la même couleur, et un jean tout simple qui moule plutôt bien ses jambes fines. Namkyu fait rapidement une exploration de sa tenue, ainsi que de ses cheveux violets parsemés de mèches bleutées, avant de s'arrêter sur le faciès du garçon. Il trouve ses traits asiatiques particulièrement magnifiques. Surtout ses lèvres. Pulpeuse mais pas trop. Un vrai délice visuel. Oui, c'est bien le même garçon que ce jour-là.

— Bonjour, tu veux bien arrêter de me fixer ?

— Waw, un second navet. Jaemin, je t'ai trouvé un pote ! Et non. C'est toi qui te pointes ici, je fais ce que je veux. T'es qui ?

— Namkyu, parle correctement !

Wei le réprimande assez gentiment, et le grand châtain ne peut que faire la moue en roulant des yeux dans son coin. Mais malgré tout, il tente de faire un effort.

— Ok ok, ça va… Bonjour, c'est pour quoi ? Rien ? Super ! Au revoir.

Il appuie pour refermer la porte, mais le jeune garçon l'en empêche en posant sa main à plat sur la surface dure pour la pousser et éviter qu'elle ne se claque sous son nez.

— Je suis le meilleur ami de Jongguk.

Taesong tente de se relever en entendant le prénom de son copain de quelques heures, mais Jaemin s'empresse de le rattraper pour éviter qu'il ne se prenne la table basse.

— Doucement, écoute juste ce qu'ils disent.

— Mais Jaemin, faut que j'aille voir. Enfin non, mais faut que j'y aille pour mieux entendre.

Jaemin finit par capituler et le laisse filer en sachant bien que Taesong est buté quand il le veut. Il le surveille tout de même du coin de l'œil tandis que Wei et lui se sont redressés dans le canapé pour entendre la conversation qui se déroule sur le paillasson.

— Oooh, je vois. Ouais, je comprends mieux. Donc ton pote Jongguk, il ne peut pas venir lui-même ? C'est quel genre de gars ça encore ?

— Namkyu ! Tu ne sais même pas pourquoi il est là !

— Ça me paraît évident ! Et puis j'en ai rien à faire. Jongguk disparaît pendant un mois en faisant le mort et c'est son meilleur pote qui vient se pointer à sa place.

— De toute façon, je ne viens pas pour toi. Je viens voir Téyong.

Namkyu ne peut retenir son rire sur le coup, bien trop dépassé par la situation actuelle.

— C'est Taesong au fait, hein.

— Bah c'est ce que j'ai dit. Il est là ou pas ? Parce que si c'est non, je repars. Je n'ai pas de temps à perdre avec... toi.

— Non mais ce gars est incroyable ! Il se pointe ici et il se met limite à m'insulter !

— Je ne t'ai pas insulté ; si tu penses le contraire, ce n'est vraiment pas mon problème.

— C'est moi Taesong.

Taesong s'approche avec méfiance, ne voulant pas non plus qu'une demi-guerre se crée sur cette vieille carpette. Par ailleurs, il ne comprend plus rien de ce qui se passe autour de lui, il n'arrive pas bien à cerner le fait que le meilleur ami de Jongguk soit ici. Pourquoi ? Il ne peut s'empêcher de se poser la question. Jongguk a-t-il finalement honte de ce qu'il a fait, et n'ose pas venir voir Taesong pour s'excuser ? Mais c'est une réaction assez puérile quand même. Surtout quand il aurait pu juste répondre aux appels téléphoniques incessants du brun.

— Ah super ! C'est toi que je viens voir ! Excuse-moi, la grande perche, je veux passer. Pousse-toi, tu me gênes.

Le garçon, dont on ignore encore le prénom, ne prend pas la peine d'attendre une réaction de Namkyu et le pousse simplement pour pouvoir entrer. Il n'a visiblement aucune gêne, et si Wei, de son côté, ne connaît pas les raisons pour lesquelles il est en froid avec Namkyu, elle ne dit rien et se contente d'observer comment les choses se déroulent. Bien qu'elle trouve le nouvel arrivant bien familier avec eux alors qu'ils ne se connaissent pas.

Celui-ci se dirige presque aussitôt vers Taesong une fois entré, et l'observe longuement quand il se plante comme un i devant lui.

Personne dans la pièce ne perçoit la légère crispation qui s'éprend de son corps à l'instant même où ses yeux croisent les siens. Pourtant, les membres du nouveau venu viennent bien de se tendre le temps d'une fraction de seconde. Mais il ne tarde pas à se reprendre discrètement pour ne rien laisser paraître, et c'est avec douceur qu'il fait fleurir un sourire charmeur sur ses lèvres vermeilles.

— Oui, c'est bien toi, Jongguk t'a plutôt bien décrit, tu es beau comme tout ! Enchanté donc, je m'appelle Kim Jinwoo. Et comme tu peux le remarquer, oui, je viens de sa part.

— Ouais, c'est super tout ça, mais Kim Truc, si tu peux virer tes chaussures dégueulasses de mon plancher, ça m'arrangerait.

— Namkyu, sois un peu plus courtois. Qu'est-ce qu'il t'arrive ?

Wei et Jaemin se lèvent finalement pour venir rejoindre les trois autres dans l'entrée, et c'est le coloré qui prend la parole en venant poser une main sur l'épaule du plus âgé. Il veut ainsi tenter de comprendre ce qu'il a, mais surtout, il aimerait un tant soit peu le calmer.

— Ce qui m'arrive, c'est que je suis pas comme toi. Je ne suis pas compréhensif, je ne suis pas sage ni pur, et je n'ai pas envie de faire semblant. Ça t'amuse peut-être de faire le bon samaritain avec Taesong concernant ce que Jongguk lui a fait, mais pas moi. Ce type…

Namkyu se détourne de Jaemin, ce dernier restant silencieux face aux mots que vient d'avoir son ami. Il ne sait pas quoi répliquer, tandis que Namkyu fait désormais face à Jinwoo. Il pose sans douceur son index sur son torse et se met à le repousser violemment. Son faciès crispé arbore une expression énervée tant il ne supporte pas la vue de ce garçon chez lui.

— Ce type se pointe ici comme si de rien n'était, disant venir de la part de Jongguk, et tout le monde est jovial, tout le monde s'incline limite à ses pieds pour les lui lécher ! Y a que moi que ça met hors de moi ?!

Namkyu est essoufflé à force de cracher ses syllabes ponctuées de colère. Ses yeux sortent presque de leurs orbites et la veine dans son cou est prête à exploser. Et aucune des personnes présentes dans cette pièce n'ose prendre la parole. Personne, sauf Taesong.

Taesong qui se met soudainement à ricaner de manière nerveuse, même s'il ne voit pas la tête que tire son meilleur ami. Mais il n'a pas besoin de ça pour imaginer le visage agacé de Namkyu.

— Non, y a moi aussi que ça met hors de moi. Mais je préfère attendre qu'il s'explique. Tu te crois vraiment légitime à t'énerver, Namkyu ? C'est moi que ça regarde, ça me concerne, pas toi. Je ne sais pas ce que t'as, mais pète un coup, ça te fera peut-être du bien. En attendant, tu vas laisser Jinwoo ici, parce que j'ai à lui parler. Et si ça ne te plaît pas, tu peux aller voir ailleurs.

Sans vraiment attendre de réponse, Taesong se détourne pour se concentrer à nouveau sur le jeune homme face à lui. Il arbore un air très sérieux, malgré ses sourcils froncés d'agacement. Ses mèches de cheveux bouclées qui recouvrent à moitié ses yeux lui apportent également une petite touche sombre sur le visage, qui lui donne un air déterminé.

— Bon alors ? Pourquoi t'es l…

— J'me casse.

Il n'en faut pas plus à Namkyu pour qu'il se saisisse de son manteau et qu'il foute brusquement le camp en claquant la porte derrière lui sans que personne n'ait le temps de soupirer sa goulée d'air.

— Je vais le chercher.

— Couvre-toi, Wei, il pèle. Prends mon manteau, au pire ça te fera un peignoir.

Esquissant un léger sourire et remerciant Jaemin, la jeune femme attrape le manteau qui pend tranquillement sur la barre dans l'entrée prévue à cet effet. Elle l'enfile en moins de deux et disparaît à son tour dans la douce couverture hivernale que lui offre le mois de novembre à l'extérieur.

Elle ne tarde pas à suivre les pas que laisse le garçon dans la poudreuse, et l'aperçoit plus loin, assis sur un banc à tracer rageusement on ne sait quoi dans la neige du bout des pieds.

— Hey, parle-moi si ça ne va pas. Qu'est-ce qui t'arrive ? Tu connais ce mec, n'est-ce pas ?

La jeune femme vient s'asseoir aux côtés de Namkyu et glisse un bras autour de ses épaules avec douceur, caressant son dos comme pour le réconforter.

— Ouais… Je le connais vite fait. Je l'ai déjà vu, y a un moment. Et pas dans de super conditions.

— Je vois. Tu veux en discuter ?

Lentement, il secoue la tête, avant de laisser celle-ci retomber contre l'épaule réconfortante de Wei. Il ne le peut pas.

C'est plus fort que lui. Il ne parvient pas à dire les choses, même s'il le doit.

— Je peux comprendre que ce soit difficile de passer outre, alors qu'il y a une personne face à toi que tu n'apprécies pas. Mais s'il te plaît, Namkyu, fais juste un petit effort pour Taesong. C'est dur pour lui en ce moment.

— Je sais. En soi, je ne déteste pas ce type, je ne le connais pas, mais je ne conçois juste pas les agissements qu'il a eus. Je ferai de mon mieux pour l'intégrer si les choses s'arrangent entre Jongguk et Taesong. C'est promis. Mais s'il me cherche, je ne me gênerai pas pour répliquer.

La jeune femme rit en connaissant très bien le tempérament de son meilleur ami, tandis que le froid hivernal fait rougir le bout de leur nez. Elle eut alors une idée pour le distraire et se saisit joyeusement de sa manche pour le relever. Sautillant un peu sur ses pieds, elle lui montre de la main un chemin tout immaculé qui mène vers un minuscule parc, et le tire vers elle en souriant.

— Viens, on va aller faire des photos pour que tu penses à autre chose ! La neige et le soleil font tout scintiller ! Regarde comme c'est beau ! J'ai trop envie de faire des petits canards de neige aussi ! On aura qu'à aller chercher le petit outil fait pour, que Taesong t'a offert !

Namkyu ne peut que concéder qu'elle a amplement raison, et, avec un large sourire bien présent sur ses lèvres, il hoche la tête et la suit vers le petit parc, téléphone en main pour capturer les instants incroyables que va leur offrir la neige.

À l'intérieur, une fois que Namkyu claque la porte, Taesong cligne lentement des yeux sans réellement comprendre ce qu'il lui prend, et hausse simplement les épaules en se disant que ça finira par lui passer. Pourquoi est-il tellement en colère de voir le meilleur ami de Jongguk ici ? Lui qui est pourtant de nature calme, enfin, sauf quand il est bourré, cela va de soi. Ça ne lui ressemble pas de péter un câble pour si peu.

Mais Taesong met ses questionnements de côté pour se concentrer sur Jinwoo. Il veut savoir ce qui cloche avec Jongguk.

— Désolé pour ça. Donc, pourquoi tu es là ? Jongguk ne veut plus entendre parler de moi ? Quoique, de toute façon, ça fait des semaines qu'il ne me parle plus.

— Non, Taesong, ce n'est pas ça. C'est... Tu es au courant pour l'hypersensibilité de Jongguk ?

D'un hochement de tête, le noiraud lui fait comprendre que oui, il sait.

— Il a peur, Taesong. Jongguk est complètement flippé parce que ce qu'il ressent pour toi le dépasse. Il n'a jamais ressenti ça pour personne d'autre. Et en plus, son hypersensibilité le pousse à avoir une relation très profonde avec quelqu'un. Pas superficielle. Jongguk ne se donne pas à 100 %, mais à 200 %. Il a besoin d'avoir un retour intense de la part de son partenaire, et il ne doute pas qu'il l'aura avec toi, bien au contraire, mais il a juste peur. Peur de tomber amoureux.

Taesong écoute sagement ce que lui dit Jinwoo, comprenant un peu mieux maintenant ce qui a pris à Jongguk. Il a fui, tout simplement. Et le noiraud ne trouve pas que c'est un comportement faible de sa part. Parce que justement, il en faut du courage pour se rendre compte de l'attraction immense qui vibre dans son corps, mais de se mettre malgré tout à la repousser par peur. Alors, même si Taesong n'a jamais été à la place de Jongguk, il comprend. Du moins, il essaie. Et la seule chose qu'il a envie de faire désormais, c'est un énorme câlin au châtain tout en lui assurant que ce n'est rien.

— Où est-ce qu'il est ?

Jinwoo sourit doucement en voyant la compréhension dont fait preuve Taesong envers son meilleur ami, et silencieusement, il l'en remercie. Parce que c'est rare de tomber sur des personnes compréhensives, et Jinwoo est heureux que Jongguk soit tombé sur un garçon tel que Taesong.

— Il t'attend dans la voiture. Elle est garée devant l'entrée.

Ni une ni deux, Taesong hoche la tête et se saisit de sa canne qui est posée près du porte-manteau, avant d'effectuer de grandes enjambées vers l'extérieur, avec la seule quête en tête d'aller retrouver ce garçon qui lui a volé son cœur.

Et tandis qu'il s'arme de patience pour trouver le bon chemin, Jinwoo et Jaemin l'observent depuis l'entrée, la porte restée ouverte sur le passage du noiraud. Un silence lourd et quelque peu gênant plane autour d'eux. Mais aucun ne parle pour briser l'ambiance, et ils se contentent d'observer sagement dans ce silence total Jongguk venir à la rencontre de Taesong pour l'aider à monter dans la voiture.

— Mais j'allais y arriver tout seul ! se plaint le noiraud en se laissant rebondir sur le siège moelleux du véhicule, côté passager.

Il fait la moue en étant certain qu'il aurait très bien pu y parvenir tout seul.

— Taesong, t'étais en train d'essayer d'ouvrir un arbre au lieu de la portière.

— Ah… C'est si dramatique que ça ? Qui m'a vu ?

— Personne à part moi. Et peut-être l'écureuil qui vit dedans.

— Dommage, j'aurais aimé avoir plus de spectateurs.

Il hausse les épaules avant de soupirer en tournant son visage vers Jongguk, revenu s'asseoir sur le siège près du sien. Désormais, il est temps de parler de tout ce qu'il a sur le cœur. Et sans passer par quatre chemins.

— Bon alors, comme ça tu disparais, hein, sans pression en plus.

Il a un léger rire, avant de reprendre de façon beaucoup plus sérieuse en laissant cette fois-ci ses sentiments parler, quitte à ce que Jongguk ait peur et fuie à nouveau. Parce que Taesong veut vraiment lui dire, lui expliquer, comment il se sent grâce à lui. Il veut lui montrer qu'il n'a pas à avoir peur de quoi que ce soit.

— Tu m'as fait peur, Jongguk. J'ai vraiment cru que j'avais fait quelque chose de mal. Et je suis content de savoir que ce n'est pas le cas. Je sais que tu as peur, Jinwoo me l'a dit, et je veux que tu saches que si tu veux tout arrêter, c'est ok. Je ne te forcerai jamais à faire quoi que ce soit. Si tu n'en as pas envie, on n'est pas obligé d'entamer quelque chose.

Il a un doux sourire, qu'il espère être rassurant pour le brun.

— C'est vrai que tout est soudain ; ce soir-là, on s'est laissé porter par toutes les émotions qui ont jailli en nous. Et je mentirais si je disais que je n'ai pas flippé moi aussi. Mais tu sais quoi ? J'ai envie de tout découvrir avec toi. C'est quelque chose qui se fait à deux, pas vrai ? Je suis mort de peur à l'idée de t'accorder ma confiance et de surtout devenir dépendant de toi. Mais je veux repousser mes limites. Tu me donnes envie d'essayer et je sais, je suis même persuadé, qu'avec toi, je vais y arriver. Alors, s'il y a ne serait-ce qu'une once d'envie en toi, l'envie d'être bercé par tout ce qui vogue et trépasse dans ton cœur, je te demande juste de te laisser porter par le courant. Avec moi. Affrontons ensemble cette mer de sentiments qui nous submerge.

Jongguk rougit sous les mots de Taesong, détournant les yeux de gêne en ne s'attendant pas à un tel monologue de sa part. Il ne savait pas réellement à quoi s'attendre, en fait. Enfin si, il pensait sûrement se prendre une gifle pour son silence assez démesuré. Mais Taesong n'a rien fait de tel. Non. Taesong avait parlé, et c'est d'ailleurs, sans aucun doute possible, l'une des plus grandes formes de violence tant ses mots étaient puissants. Mais dans le bon sens, évidemment.

— Je… Je vais tuer Jinwoo. Je lui avais dit de ne pas te dire ça ! C'était à moi de le faire ! Tu dois penser que je suis vraiment un dégonflé. J'ai tellement honte.

Le brun marmonne entre ses mains qu'il plaque sur son visage comme pour cacher l'expression de malaise qu'arborent ses traits.

— Tu n'as pas à avoir honte, je ne penserai jamais de telles choses. Mais j'ai juste été blessé que tu ne m'en parles pas. Tu me penses si peu compréhensif ? Après tout ce qu'on s'est dit ?

— Non, je... Je ne me sentais juste pas capable de faire face à tout ça aussi soudainement. Ça m'est tombé dessus d'un coup, Taesong, j'ai juste flippé. J'ai...

Sa voix se tait un instant, le temps d'une fraction de seconde durant laquelle il tente de contrôler ses émois en refusant de pleurer ici, face au garçon qui lui plaît, juste parce qu'il parle de quelque chose qui le touche profondément. Il faut qu'il parvienne à gérer tout ce flux déferlant, avant qu'il ne prenne le contrôle de ses émotions.

— J'ai peur que tu m'abandonnes. Parce que si je dois t'aimer, je le ferai de toutes mes forces, et je vais tellement m'accrocher à toi que tu en auras marre, sans doute. J'ai peur que tu m'humilies, j'ai peur de trop t'aimer et toi pas assez. J'ai peur qu'un jour, tu me délaisses ou que tu finisses par t'intéresser à quelqu'un d'autre. J'ai peur de t'offrir mon corps, mon amour, mon âme. En fait, j'ai juste peur de m'offrir à toi, et qu'un jour, tout ça explose et finisse par m'exterminer. Je ne sais pas si je suis capable de faire ça, Taesong, je ne sais pas si j'y arriverai. Je n'en sais rien, je...

À nouveau, le châtain ne peut finir sa phrase, mais cela parce qu'il vient de voir les grandes mains élégantes de Taesong se tendre vers lui.

Intrigué, il se tait à nouveau sans comprendre, gardant ses yeux figés sur les doigts fins du garçon qui vient vers lui. Jusqu'à ce qu'il comprenne enfin ce que tente de faire son vis-à-vis. Son souffle s'emballe doucement au même rythme que son cœur qui bat follement dans sa poitrine comme s'il désirait en sortir, et ses mains deviennent subitement moites de stress et d'inconfort.

Ses yeux restent figés, comme hypnotisés par les mains de Taesong, ce dernier ayant arrêté de les avancer vers Jongguk pour les laisser juste en suspension dans le vide qui les sépare.

Et ce qu'il se passe ensuite entre eux est comme un dialogue. Un dialogue silencieux.

Jongguk respire vite, voire très fort, et Taesong le perçoit distinctement grâce à sa cécité. Et également grâce au léger souffle qui vient se répercuter contre ses doigts, tendus à l'aveuglette. Pourtant, il ne bouge pas d'un pouce, attendant sagement une autorisation, ou un refus. Il fixe profondément Jongguk, sans le voir, et d'ailleurs, c'est très perturbant pour ce dernier qui se met à s'empourprer face aux deux billes brillantes du noiraud. Il se sent vraiment observé, pour le coup.

Mais pas de la mauvaise façon. Non. Parce que Taesong a ce regard-là. Ce regard qui vous fait vous sentir important. Ce regard qui vous sonde presque, comme si vous étiez le plus beau des tableaux exposés dans un musée. La plus belle fleur d'un jardin. La plus brillante étoile du ciel. Le plus impressionnant dessin d'un carnet de croquis.

Taesong a ce regard qui disait simplement : « C'est toi, et personne d'autre. »

Sans émettre le moindre son, il est là, à parler à Jongguk avec son regard sombre, dont bon nombre de gens lui avaient dit qu'il n'avait rien de spécial, qu'il faisait peur à certains et en intriguait d'autres. Mais Jongguk, lui, a aimé ce regard à la seconde où il l'a vu. Il avait compris que Taesong était unique. C'était ça la différence avec cette masse de gens infects qui bondaient les rues à l'extérieur. Jongguk n'était pas comme les autres.

Et désormais, à demi penché au-dessus du frein à main pour observer plus intensément ce regard qui le chamboule, Jongguk la voit enfin. Cette intensité que seul Taesong possède et qui lui avait sûrement été dédiée par les Dieux eux-mêmes.

Au fond de ses iris, un océan calme et plat règne en maître. Il fait pétiller l'ensemble de son œil, comme si des tas de petites lucioles y volaient. Jongguk a l'impression d'avoir ouvert une porte et de s'être perdu dans ce monde nouveau que lui offre Taesong. C'est comme si, à force d'errer dans cette mer sombre, rien qu'en l'observant, Jongguk s'était enfoncé hors du temps. Tout ce qu'il se passe autour de lui n'a plus d'importance. L'heure, la position du soleil, la mouche qui se cogne au pare-brise, les nuages se bousculant dans le ciel avec l'aide du vent. Plus rien de tout cela n'a d'importance. Dans les yeux de Taesong, Jongguk se sent happé, transporté. Il n'y a plus de barrières dimensionnelles autour de lui. Il est juste là, avec Taesong. Entouré d'un nombre incalculable d'étoiles et de paillettes qui font pétiller son cœur.

Et mieux encore, ce qui a bien plus de charme et d'importance que tout l'or du monde : la bienveillance qui émane de son regard. C'est assez étrange à dire, même à décrire, alors imaginez simplement que Taesong sourit avec ses yeux.

C'est un phénomène incroyable.

Délicatement, sans même qu'il ne s'en aperçoive, complètement immergé par ce qu'il voit, les joues de Jongguk viennent à la rencontre des mains douces du noiraud. Et tout de suite, c'est comme une explosion.

D'abord, le châtain revient peu à peu à la raison, il comprend qu'enfin, Taesong touche son visage pour la toute première fois, et silencieusement, il se met à attendre un quelconque danger. Une quelconque réaction de la part de son corps ou bien de Taesong face à lui qui serait peut-être dégoûté par ce qu'il touche. Mais il n'en est rien.

Il y a bien une réaction dans le corps de Jongguk, mais ce n'est pas du dégoût ou de la peur comme il l'aurait pensé. Non, c'est bien plus puissant que ça.

Une onde de chaleur vient d'envahir son ventre et remonte précipitamment jusqu'à son cœur, qu'elle réchauffe aussi. Comme une explosion calme qui retourne tout sur son passage. Jongguk ne se sent pas en danger entre les doigts du garçon qui fait battre follement son cœur. Il se sent en sécurité, protégé, aimé. Et ça fait du bien.

Alors, c'est naturellement qu'il ferme les yeux et laisse Taesong continuer l'exploration de ses traits plus en profondeur.

Se concentrant de son côté, le noiraud laisse la pulpe de ses pouces frôler les pommettes de Jongguk, puis le reste de ses joues que Taesong trouve d'une douceur presque irréelle. Il tente de dessiner dans son esprit le visage de Jongguk tel qu'il l'imagine. C'est la première fois qu'il fait un tel exercice, et ce n'est pas chose aisée, mais il se plaît à essayer. Il a d'ailleurs un air très sérieux peint sur son visage qui fait sourire Jongguk juste en face, parce qu'il le trouve adorable comme ça. Mais lui aussi reprend bien vite son sérieux quand les doigts fins de Taesong passent lentement sur l'arête de son nez épais. Ils continuent ensuite leur exploration pour en découvrir la pointe arrondie, ainsi que les ailes situées de part et d'autre.

Jongguk frémit légèrement entre les doigts habiles de Taesong, le sentant continuer sur son philtrum, léger fossé qui se situe entre le dessus de sa lèvre supérieure et le dessous de son nez. Il sait que le noiraud va toucher pour la première fois la forme de sa bouche, découvrir ses commissures, le gonflement de ses lèvres, leur douceur, leur humidité. Et il en tremble un peu d'avance, sa langue venant passer dessus d'un geste nerveux, frôlant les doigts de Taesong au passage, qui sourit simplement.

Enfin, il ne peut faire durer le suspense plus longtemps, parce que lui aussi de son côté meurt d'envie de toucher à nouveau cette paire de lèvres qui l'attire. Alors il laisse la pulpe de son pouce et de son index parcourir de manière avide de découverte les lèvres de Jongguk, se plaisant à ressentir le souffle du châtain qui s'emballe directement contre ses doigts.

Il meurt d'envie de l'embrasser à nouveau, de se pencher vers lui et de venir cueillir ses lèvres pleines et humides qui l'attirent tant. Mais il se doit aussi de respecter les choix de

Jongguk, et il ne veut pas le forcer. Jamais. Il peut bien attendre.

Taesong libère donc ses lèvres et termine l'exploration du visage de Jongguk, concluant pour lui-même que ce garçon doit être sacrément angélique pour avoir des traits aussi bien marqués et si symétriques.

— Tu es magnifique, Jongguk. Je l'ai ressenti.

Il le libère à contrecœur en faisant même une petite moue, ce qui fait sourire Jongguk à travers le rose qui s'est emparé de ses joues suite à ses mots.

— Et toi donc, mon cher Taesong. Je peux t'assurer que tu l'es aussi.

— Pas autant que toi.

— Arrête un peu, tu es à couper le souffle.

Jongguk se met à sourire, et il vient tendrement ébouriffer les cheveux bruns de Taesong qui sourit lui aussi en se sentant merveilleusement bien.

— Bon, revenons à nos moutons. Parce que tu t'es mis à me tripoter le visage et tu ne m'as même pas laissé finir ce que je disais !

— Désolé, j'avais tellement envie de te dessiner dans ma tête que je n'ai pas réussi à résister. Je t'écoute.

— Je veux juste conclure en disant que c'est important pour moi que tu saches que j'ai peur de toutes ces choses concernant une relation. Et oui, je me suis enfui comme un lâche, mais quand j'ai voulu revenir, je pensais que c'était trop tard et que tu me détesterais d'avoir autant tardé. Puis les jours ont passé, et je m'en voulais terriblement de ne toujours rien te dire. Jusqu'à ce que Jinwoo me force à faire bouger les choses un mois après. Enfin, il m'a surtout dit que si je ne venais pas te voir, il le ferait tout seul. Parce qu'il estimait qu'un mois, c'était vraiment trop et que si je ne faisais rien après ce laps de temps, je ne le ferais jamais.

Taesong comprend désormais amplement ce qu'il lui dit, et surtout pourquoi il a réagi comme ça. C'est plus clair désormais. Il hoche donc la tête de haut en bas, laissant ses yeux quitter Jongguk pour se poser sur le paysage lointain et inaccessible pour lui, qui s'écoule à perte de vue devant le pare-brise. Il est en train de réfléchir à quelle réponse il pourrait lui donner, jusqu'à ce qu'il se dise que non, finalement, il ne veut pas y réfléchir. Il ne veut plus se prendre la tête.

— Roule. Jongguk, roule.

— Je… Quoi ?

— Roule aussi loin que possible. Roule jusqu'à ce qu'on n'ait plus d'essence. Roule jusqu'à trouver un marchand de glaces. Roule juste, et ne pense à rien d'autre.

Les yeux ahuris, Jongguk pèse rapidement le pour et le contre dans sa tête, avant de cesser de se poser toutes ces questions en se mettant à sourire grandement devant ce qu'il s'apprête à faire. Il ne veut plus réfléchir à tout ça non plus, et se met à broyer de son pied l'accélérateur, sous les regards ahuris de Jinwoo et Jaemin qui observent leurs deux meilleurs amis se faire la malle juste en face d'eux.

Et même si c'est soudain, ils en sont heureux. Heureux de voir que ça semble aller mieux entre eux grâce à leurs sourires immenses qu'on perçoit à travers les vitres du véhicule qui s'éloigne en trombe sur la route goudronnée qui se déroule sous eux.

Heureux, jusqu'à ce que Jaemin reçoive un message de Hyosik.

« **Hyosik** : *Salut Jaemin, c'est Hyosik. Je suis désolé de te déranger, est-ce que tu peux venir, s'il te plaît ? Je ne sais plus quoi faire avec Yongso. Il a perdu 10 kilos en un mois. J'y arrive plus, Jaemin. J'y arrive plus, c'est vraiment trop dur. Je t'en supplie, viens. On a besoin de toi.* »

14
Tannie

Le vent frais fouette avec délice mes joues rebondies grâce à la vitre que Jongguk a ouverte pour qu'on puisse faire semblant de voler à travers le ciel durant le trajet que nous faisons en voiture, pour aller on ne sait où, d'ailleurs.

On veut juste se laisser porter par cette envie de vivre, tout simplement. Ce besoin de liberté. Après quelques mètres, Jongguk monte la radio à un volume élevé, quoique respectable, ce qui nous pousse à hurler les paroles de la chanson qui passe à tue-tête. Mes joues me font mal tant je souris. Je ne connais même pas la chanson, mais je m'en fous. Ce qui me plaît, moi, c'est d'entendre Jongguk à côté qui s'amuse, et de laisser nos voix se mélanger ensemble.

Et qu'est-ce qu'on s'amuse, oui. Si on ne chante pas, on crie. Et si on ne fait ni l'un ni l'autre, alors on parle en riant. Jamais la voiture n'est emplie de silence pendant ces minutes, voire ces heures qui s'écoulent sur notre passage.

Jamais nous ne sommes silencieux. Jamais nous ne sommes plus heureux qu'à cet instant-là.

Ma main serre la poignée de la portière par précaution, étant donné que je ne sais pas vraiment ce que je peux serrer d'autre, et avec Jongguk, nous faisons semblant de piloter la coccinelle du film *Arthur et les Minimoys*.

— À droite, Bêtamèche !
— Qu'est-ce que tu dis-toi, c'est à gauche !
— Y a un gros moustique droit devant ! Je le vois ! Tourne !!

Je vis le truc à fond, faisant réellement mine de voir cette grosse bestiole foncer sur nous en hurlant à pleins poumons dans l'habitacle. Jongguk ne s'en formalise pas, criant aussi fort que moi quand nous avons failli nous faire bouffer par un rat géant que nous sommes les seuls à voir.

— Bêtamèche va nous tuer !!

— Taesong, baisse la tête ! Projectile à 389,78 degrés !

J'explose de rire devant sa précision en faisant ce qu'il demande, avant de me mettre à sourire bêtement pendant tout le reste du trajet en pensant qu'on est sérieusement de gros gamins. Mais on est ensemble, et ça, c'est tout ce que je désire. Je n'ai plus envie de me prendre la tête. Plus maintenant. Je veux juste profiter.

Et c'est donc dans cette optique-là qu'à tâtons, je baisse à son maximum la vitre de la voiture pour tendre le bras dans le vide ainsi qu'un bout de ma tête, me mettant à rire de joie à travers les bribes du vent frais qui s'abattent sur mon visage. Mon sourire me mange les joues et mes yeux sont écarquillés de bonheur tant je me plais à faire l'enfant. C'est bon de ne pas avoir de limite. Bon de ne plus être un adulte.

— Guuukk, je vole ! Ça fait trop du bien ! Tu devrais essayer ! Waaaahhhhh ! Par contre, tu risques de gober des mouches, mais bon. Quoique non, toi, t'y vois encore. Donc tu devrais vraiment essayer ! J'aime trop cette sensation ! J'ai l'impression que je peux toucher les nuages et je ressens ce sentiment de liberté et de plénitude telle que tu te crois capable de dompter le monde ! C'est merveilleux, je te jure ! Et puis aussi… Bah pourquoi on s'arrête ?

La voiture émet un léger soubresaut, avant de se stopper aussi brusquement qu'elle a démarré quelques heures avant. Mes sourcils se froncent d'incompréhension, et ma tête revient entièrement dans la voiture tandis que je reste tourné vers Jongguk en me demandant ce qu'il fabrique.

— Tu m'as dit de rouler jusqu'à ce qu'on ait plus d'essence, alors…

— J'espère que tu plaisantes ?

Je lâche un léger rire empreint de nervosité en pensant qu'il allait rire avec moi, me disant que ce n'est qu'une blague. Mais je me calme rapidement en voyant qu'il ne répond pas à ma question.

Oh merde.

— Mais… Enfin, Jongguk, pourquoi t'es pas allé dans une station essence ?

— Mais parce que je n'ai pas fait gaffe, et puis tu t'amusais tellement, mes yeux ne regardaient pas la jauge !

— Raah !

Sans réfléchir, ou peut-être qu'inconsciemment, je reproduis ce geste qu'on voit dans les films durant ce genre de situation, j'ouvre brusquement la portière pour me ruer à l'extérieur en emportant ma canne avec moi.

— Taesong ! Tu vas où ? Tu ne sais même pas où on est !

— Oh, tu sais, ici ou ailleurs, le paysage reste le même pour moi.

Je l'entends soupirer, puis le son de sa portière qui claque retentit non loin, signe qu'il est descendu. Je me mets à marcher un peu partout de mon côté, essayant de calmer la panique qui grandit en moi.

Au lieu de réfléchir calmement et de manière logique, mon cerveau pense aussitôt au pire. Certes, c'est ridicule, mais j'ai de fortes pensées paranoïaques tournées vers tous ces enfants, même ces adultes, retrouvés morts dans des endroits inconnus parce qu'ils s'étaient perdus. C'est sincèrement plus fort que moi. Je suis un sacré trouillard, oui. Et le fait de ne pas y voir n'arrange pas les choses. C'est atroce. Je ne peux même pas aider Jongguk à se repérer. Parce que peut-être que j'aurais pu reconnaître l'endroit si j'y étais déjà venu avant de perdre la vue, mais n'y voyant que dalle, c'est sacrément compliqué.

Génial. Ne pas paniquer.

Pour tenter de me calmer, je me force à concentrer mes sens sur la seule chose qui m'entoure et qui sait m'apaiser. Autrement dit, la nature. Contre toute attente, je réussis à me focaliser sur les bruits alentour en quelques secondes, oubliant la légère anxiété qui commence à m'envahir. Grâce à mon odorat, je reconnais la douce senteur hivernale des pins et des chênes environnants, imaginant dans mon esprit ces grands arbres presque nus par l'hiver, qui doivent nous entourer. Pendant plusieurs minutes, je me focalise sur ça, inspirant de longues bouffées d'air frais ponctué de ces senteurs naturelles pour tenter de me calmer. Ce qui finit par marcher. Du moins, un petit peu.

— Donc, récapitulons : on est paumé dans ce qui doit sûrement être une forêt, sans moyens de survie, entouré de la nature et des oiseaux qui font cui-cui. Enfin non, il n'y a même pas d'oiseaux ! C'est pire que ce que je croyais. Maintenant, manque plus que le céréale killer et on est bon pour passer dans la prochaine adaptation cinématographique de Stephen King.

— On dit serial killer, Taesong, et arrête, calme-toi deux minutes. Je vais appeler un dépanneur, ce n'est pas grave. On n'est pas dans un film, y a du réseau.

— Mais on est où ?

— Je n'en sais rien, je ne regardais pas les panneaux !

— Mais tu regardais quoi ? T'es un mauvais conducteur, Jang Jongguk !

— Je regardais Kim Taesong. La plus belle chose du monde. T'as un problème avec ça ? Non ? Bien.

— Eh ! C'est mon truc de m'autorépondre !

Je bougonne un peu, les joues roses suite à son compliment, avant de me taire pour laisser Jongguk téléphoner tranquillement. Je suis insupportable quand je m'y mets, c'est vrai. Mais je suis mort de peur. Mort de peur dans un environnement qui m'est inconnu.

Pour éviter de paniquer à nouveau, je continue de marcher en gardant ma canne repliée entre mes doigts, parce que très sincèrement, j'ai la flemme de la déplier. Enfin, c'est surtout que je n'ai pas envie de marcher avec. Je suis un grand garçon, je peux faire sans. Il suffit juste de faire doucement et de mettre un pied devant l'autre. C'est donc ce que je m'applique à faire en écoutant d'une oreille ce que dit Jongguk à une voix féminine de l'autre côté du combiné.

— Dans trois heures ? Non mais s'il vous plaît, il doit bien y avoir une solution ! Nous sommes perdus en pleine campagne, on a besoin de quelqu'un rapidement.

— Je comprends bien, Monsieur, mais il y a eu un accident sur l'autoroute. Je ne peux pas faire mieux pour le moment, je suis désolée.

Accident.

Ce mot tourne en boucle pendant une fraction de seconde dans ma tête. Je ne peux pas m'empêcher d'y penser. Des images peu attrayantes d'il y a deux ans refont surface dans mon esprit, et c'est en secouant férocement la tête que je tente de les faire partir, ainsi que le bourdonnement incessant qui vient de prendre place dans mes tympans.

Je n'y suis plus. Tout ça, c'est fini. Ce n'est pas moi. Je suis bien vivant, en sécurité. Je vais bien, je vais parfaitement bien. L'obscurité de mes yeux est habituelle, ce n'est pas arrivé d'un seul coup, comme ce jour-là. Tout va bien. Je suis sain et sauf.

— Taesong, fais gaffe ! Y a une…

Ma cheville se tord sous mon poids quand je dérape en me prenant une foutue racine qui sortait du sol à force de marcher partout dans le seul but de fuir mes souvenirs. Je réussis à empêcher ma tête de frapper contre le sol en m'aidant de mes mains, mais ça ne suffit pas à me décoller ce sentiment de honte de la peau. Je suis pathétique, là, couché contre la terre, incapable de me relever parce que je suis terrorisé. C'est affreux.

Mes souvenirs sont toujours là, toujours tapis dans un coin de ma tête, de ma mémoire. Ils ne me laissent jamais tranquille. Quand je ferme les yeux, je ne vois presque que ça. Je ne peux même pas me focaliser sur un autre paysage à regarder.

Parce que je suis aveugle. Je ne vois plus la vie qui s'écoule autour de moi. Je suis sans cesse plongé dans le passé et les remords. Malgré le fait que je sois entouré, et que j'aie désormais trouvé une lumière dans mon obscurité, je suis quand même tout seul dans cette merde.

— Hey, je suis là. Viens par ici. Tu ne t'es pas fait mal au moins ? On dirait Namkyu quand il est bourré ; enfin, toi, t'es quand même plus élégant.

Le sourire de Jongguk se sent à travers ses mots qu'il espère doux envers moi, et qui le sont, d'ailleurs. Ils sont même bien plus que ça. Ils sont tellement réconfortants. Ça fait vraiment du bien qu'on ne se moque pas de moi pour une fois parce que j'ai chuté. Après tout, ça arrive à tout le monde. Certains trouvent la force de se relever, d'autres pas.

Et moi, ma force, désormais, c'est Jongguk. Je sens qu'avec lui, une infinité de chutes me sont possibles.

— Je suis plus beau que Namkyu surtout.
— Ah ça, c'est toi qui le dis.

Il pouffe en m'aidant à me mettre debout, avant de glisser délicatement ses doigts entre les miens après avoir épousseté mes vêtements d'un geste rapide.

— Est-ce que ça te dit de marcher un peu ? D'après la dame que j'ai eue au téléphone, on a du temps devant nous avant d'être secourus. Autant en profiter, tu ne crois pas ? J'ai envie d'être près de toi.

La chaleur dans mes joues s'intensifie suite à ses mots, n'étant plus provoquée par la honte d'être tombé, mais bel et bien par la douceur dont fait preuve Jongguk envers moi.

— D'accord, mais si tu vois un céréale killer, tu me le dis, ainsi que la direction dans laquelle je dois courir. Même si en fait, toutes les directions se ressemblent pour moi, mais bon.
— Si tu veux, mais on dit serial killer, Taesong.
— Oui, c'est ce que j'ai dit.
— T'es sacrément têtu quand tu t'y mets !
— Aah je suis Capricorne, que veux-tu.

Je souris en commençant à marcher contre Jongguk, ma main serrant la sienne et mon épaule frôlant légèrement son bras pour avoir un semblant de repère. Le tapis de terre et d'herbe moelleuse sous mes pieds m'offre un sentiment de plénitude total, qui est grandement comblé par le fait de me promener avec un être que je chéris.

— Gukkie ?
— Oui, chat ?
— Oh ? Chat ?

Voilà que le haut de mes joues se remet à chauffer. Bon sang. Il en faut vraiment peu pour que le parc d'attractions dans mon ventre se remette à fonctionner dans tous les sens. Jongguk rit de son côté face à ma réaction en laissant son pouce glisser sur le dos de ma main.

— Ça ne te plaît pas ?
— Oh si. Si, beaucoup.
— Parfait dans ce cas. Qu'est-ce que tu veux me demander ?
— Je... Hm... Parle-moi de toi. Je ne connais rien du tout de ta vie. Oh, enfin si. Je sais que t'as couché avec Jaemin, mais bon. Ce n'est pas ça qui m'intéresse.

Jongguk se met à ricaner avant de laisser ses doigts venir se croiser avec les miens et arrêter les caresses qu'il exerçait sur ma peau. J'en profite pour serrer ses doigts entre les miens en continuant de marcher tout en lui faisant confiance pour savoir où je mets les pieds.

— Tu veux savoir tout ce qui concerne mes études et tout ça ?
— Non, je veux connaître ton histoire. Ce que tu aimes ou pas, ce qui te rend heureux, ce qui t'énerve, ce genre de choses.

Le châtain se met à balancer nos mains dans le vide pendant qu'il réfléchit, avant de sourire grandement en parlant d'une voix plus que joyeuse.

— Je déteste les flageolets. Les haricots qui font péter là. Une horreur. J'aime le kimchi, les glaces menthe-chocolat, dormir le matin, jouer aux jeux vidéo, les grosses chaussures, les donuts, la nourriture épicée, tout ça quoi. Mais vraiment, ce que j'aime par-dessus tout, je dirais que c'est dessiner et jouer.

— Jouer ?

— Jouer un rôle. J'ai fait des études de cinéma. J'aimerais devenir acteur.

J'écarquille soudainement les yeux de surprise. Je ne m'attendais pas à une telle réponse. Il est vrai que je ne me suis pas dit tout de suite qu'il faisait des études pour devenir acteur et apprendre toutes les règles du cinéma. C'est peu commun, mais je trouve ça génial. Ça me rend tout excité pour le coup, je suis terriblement curieux.

— Mais raconte ! Comment ça se passe ? Tu fais quoi concrètement dans ces cours ? Tu peux pleurer sur commande ? Tu as déjà joué dans des films ou des séries ? Tu as déjà embrassé quelqu'un à l'écran ?

— Wow wow, doucement. Je vais apprendre à faire sortir mes émotions pour pouvoir pleurer oui, même si avec mon hypersensibilité, c'est assez simple, on va dire. Et non, je n'ai jamais embrassé personne devant la caméra.

Il rit un peu, amusé de ma question, avant de reprendre :

— Pour ce qui est du reste, il faut que tu saches que je suis parti très très jeune de chez moi, parce que je sais depuis tout petit que je veux faire ça. Je suis vraiment attiré par la scène, les caméras et tout ça, et comme mes parents me poussaient là-dedans, je me suis dit que je devais foncer, que c'était possible. Ils m'ont toujours soutenu, quoi qu'il ait pu se passer, ils étaient toujours derrière moi. C'est grâce à eux que j'ai appris qu'il ne faut jamais perdre espoir. Donc, à l'âge de treize ans, j'ai véritablement commencé à me plonger dans le monde du cinéma. J'ai également passé des auditions à cette époque-là parce que mes parents disaient que j'avais l'âge et que ça me permettrait de commencer à me faire un nom dans cette industrie. On est donc tous partis à Los Angeles, parce que c'est là-bas que les auditions étaient un peu plus rentables, en somme, et que mon père avait une connaissance qui pouvait nous héberger. On y est restés deux semaines durant lesquelles j'ai passé pas mal d'auditions, que ce soit pour des films, des séries, des pubs ou même des doublages de voix.

— Je trouve ça tellement génial, surtout le fait que tes parents t'encouragent dans tout ce que tu entreprends. Moi, à treize ans, je jouais encore aux billes et aux cartes Pokémon avec Namkyu.

Je souris d'un air nostalgique en me souvenant de tout ça. Qu'est-ce que ça me manque d'être un enfant. Je le suis encore à ma manière, comme chacun d'entre nous, mais je veux vraiment le redevenir. Se soucier de rien, vivre sa petite vie devant la télé, manger, courir, faire dodo. C'était vraiment bien de ne pas penser au reste. Et surtout, j'y verrais encore. Et j'aurais de belles années devant moi avant d'être aveugle.

— Je leur suis reconnaissant de tout, c'est grâce à eux que tout ça a été possible.

— Ils ont l'air adorables. Et donc, ensuite ? Après avoir passé les auditions, tu as eu des réponses ?

— Non. Enfin, pas des auditions que j'ai passées. Mais un agent a rappelé mes parents. Il avait dit trouver que j'avais du potentiel pour le futur, mais qu'il fallait justement que j'apprenne à le faire sortir. Il leur a donné le nom d'une école très réputée là-bas en disant que quand on s'y présenterait, on devrait dire qu'on venait de sa part. C'est ce qu'on a fait, et après des tonnes de péripéties pour m'inscrire et pas mal d'argent versé, j'ai réussi à y entrer. J'y suis resté deux ans, pendant que mes parents sont revenus ici, en Corée.

— Wow, Jongguk.

Je suis vraiment abasourdi face à toutes ces révélations. Ce genre de choses ne se passe généralement que dans les films. C'est assez compliqué à imaginer, mais pas impossible. Et je suis sincèrement très heureux pour Jongguk.

— C'est impressionnant, c'est vrai, mais comme j'ai commencé très jeune, je ne m'en étais pas trop rendu compte. Et puis, dans cette école spécialisée, il y avait aussi d'autres élèves, donc c'était comme si j'étais dans une école normale. Je n'avais juste pas les mêmes cours.

— D'accord, je vois. Et c'est comme ça que tu as rencontré Jaem ?

Les doigts de Jongguk bougent légèrement dans les miens, tandis qu'une douce brise fraîche nous fait frissonner. Elle apporte sur son passage une délicieuse senteur qui amasse à la fois l'odeur des arbres, des pins, des arbustes et des fleurs alentour, et c'est très apaisant. Juste ça, et Jongguk près de moi.

— J'ai rencontré Jaemin quand je suis revenu à Busan. J'ai repris des cours normaux, et je faisais du théâtre à côté pour ne pas perdre ce que j'ai appris à L.A et pour le mettre également en pratique. Ensuite, j'ai eu mon bac, puis je suis parti à l'université pour continuer de me spécialiser là-dedans !

— Mais… Tu n'as jamais pensé à repasser des auditions et tout ça ?

— Oh, bien sûr que si, j'en passe même assez régulièrement. Mais je préfère me concentrer sur mes études pour tout apprendre du métier et bien faire les choses.

— Hm, je vois, monsieur Jang est un perfectionniste dans l'âme.

— T'as pas idée, Kim.

Il pouffe en portant ma main à ses lèvres pour la parsemer de doux baisers qui envoient plusieurs petites décharges électriques le long de ma colonne vertébrale. Pourquoi ce simple geste m'envoie sur un nuage ? Il m'en faut vraiment très peu, c'est certain. Sentir ses lèvres sur ma peau est vraiment quelque chose de bénin, que je me plais à savourer dans son entièreté quand j'en ai l'occasion. Mais il stoppe délicatement ce contact en s'arrêtant soudainement de marcher près de moi.

— Gukkie ?

— Tu as entendu ?

— Ne me fais pas flipper comme ça, s'il te plaît. Je suis aveugle, pense à ma santé visuelle.

— Non mais, on aurait dit un petit couinement. Ce n'est pas un gars qui se promène avec une hache en marchant sur des brindilles, ne t'inquiète pas.

— Oui, ça, c'est un bûcheron. Eh attends ! Gukkie, me lâche pas !

Je panique aussitôt en poussant un cri de terreur quand sa main lâche la mienne. Il semble amusé, parce que je l'entends rire doucement tandis qu'il revient vers moi.

— Je suis là, Taesong, viens. Y a quelque chose sous des branches tombées au pied d'un arbre.

— Fais gaffe. Ça se trouve, c'est un lutin et il va te faire chanter pour que tu lui files tout plein d'or. C'est malin ces choses-là, tu sais.

— Oh oui, je vois. T'as dû en croiser beaucoup alors ?

Il se fout clairement de ma gueule en me tirant sur ce qui semble être le côté du chemin principal, étant donné que je sens bientôt sous mes pieds le tapis moelleux de l'herbe à la place de celui un peu plus dur de la terre.

— Je les vois à Noël, tu sais. Ils viennent mettre des cadeaux dans les chaussons et après, ils disparaissent. Mais chut ! Secret !

— Taesong, t'es vraiment un enfant et c'est trop mignon.

Jongguk dépose un doux baiser sur ma joue sans que je ne m'y attende, avant de s'arrêter de marcher pour se baisser, m'obligeant à faire de même. Et il est vrai que désormais, j'entends les légers couinements de douleur qui viennent d'un peu plus loin devant nous.

— Je crois que c'est un petit chiot. Le vent a dû faire tomber les branches de l'arbre, et comme ce petit bout se trouvait en dessous, il a dû être fait prisonnier.

— Il faut le sortir de là, Gukkie.

— Oui. Attends. Je peux te lâcher ?

Je hoche aussitôt la tête et prends appui avec mes mains sur l'herbe en restant accroupi. J'entends Jongguk non loin de là qui bouge les branches dans tous les sens. Les couinements de douleur du chiot se transforment en couinements de peur, tandis que résonnent autour de nous des bruits de branches qui se craquent et se brisent sous les gestes de Jongguk.

— Chut, n'aie pas peur, petit chien. Tu sais, Jongguk est peut-être un peu brute, mais c'est ce qu'il faut pour enlever les branches. Je ne vois pas ce qui t'entoure, mais il faut te sortir de là et t'emmener voir le vétérinaire, parce que je me doute bien que ça ne doit pas être tout rose là-dessous. Tout va bien se passer, tu verras.

Naïvement, je tends ma main devant moi comme si je pouvais l'atteindre et le caresser pour le rassurer, mais mes doigts ne rencontrent que des branches dures et sèches. Je la retire donc en n'osant pas m'aventurer plus loin, et pour éviter de me blesser.

— Tu vas avoir tout plein de câlins quand tu vas sortir d'ici, je te le promets. On ne va pas te laisser là-dedans. Jongguk, t'y arrives ?

— Oui, plus que celle-là… et… celle-ci… et… c'est bon !

Un bruit très sonore, semblable à dix branches qui se brisent en même temps, résonne face à moi, me faisant sursauter. Mais je ne peux m'y attarder plus longtemps qu'une petite chose toute frétillante me bondit dessus en me faisant tomber sur les fesses. Je ne peux empêcher mon rire de résonner quand je sens une petite langue tout humide venir laper mes doigts et ma joue, entendant partiellement les pas de Jongguk se rapprocher de moi jusqu'à ce que je sente son odeur à mes côtés.

— Il est tout petit et trop mignon. Coucou, toi.

Les doigts longs et fins de Jongguk se mêlent aux miens dans le pelage ébouriffé du chiot, ce qui me fait doublement sourire.

— Comment est-ce qu'il est ?

Jongguk semble réfléchir un petit moment, venant poser sa joue contre mon épaule pendant qu'il parle. La boule de poils continue de s'agiter sur moi, ses petites pattes s'appuyant sur mon torse pendant que je lui gratte gaiement les oreilles.

— Déjà, c'est un mâle. Il a l'air en forme, mais je pense qu'on devrait le nourrir rapidement et l'emmener faire une visite chez le véto. Il n'a pas de blessures apparentes, mais on ne sait jamais. Ensuite, je crois que c'est un spitz nain. Il est tout petit, son pelage est touffu et il arbore plusieurs couleurs. Il est principalement noir, mais la couleur sable de ses poils se mélange avec les tons principaux. Bon, en gros, on dirait un marbré.

Je pouffe de rire sans pouvoir m'en empêcher en tentant de me redresser lentement juste après, le chiot entre mes bras qui ne semble pas vouloir en bouger.

— Comment est-ce qu'on peut t'appeler ? Tu as une idée, toi ?

Évidemment, il ne me répond pas, continuant de frétiller contre mon torse jusqu'à ce que je le cale bien entre mes bras pour qu'il s'y couche et s'y sente bien.

— Si tu ressembles à un marbré, on peut t'appeler comme ça !

— Taesong, t'abuses.

Jongguk frappe légèrement mon bras en riant, avant de glisser le sien autour du mien pour recommencer à me guider sur la route. Nous repartons avec un nouveau compagnon, bras dessus bras dessous, et avec une nouvelle quête désormais, qui est celle de trouver rapidement un centre commercial ou une ville pour nourrir ce chiot.

— Tu m'as dit qu'il est noir et sable, donc... euh... Je suis vraiment nul pour choisir des prénoms, en plus.

— On peut peut-être l'appeler Nuit étoilée, comme son pelage fait penser à un ciel sombre d'été.

C'est si mignon, sa façon de le dire, que je ne réussis pas à m'empêcher d'éclater de rire.

— Son pelage est noir, donc en gros, on pourrait le comparer à tout et n'importe quoi, Gukkie. Mais c'est mignon ta petite poésie, là.

— Bah trouve mieux toi, Monsieur Je-sais-tout !

— Oh, ne commence pas à me chercher, je te rappelle que je suis...

— Aveugle oui, tu le dis tous les jours, à chaque minute qui passe. Mais ça n'empêche pas le fait que j'aie le droit de te casser les pieds de temps en temps.

Je souris, adorant ce genre de taquinerie qu'il y a entre nous.

— Mouais, pas faux... Bon... Alors, je vais l'appeler Tannie !

Jongguk recommence à marcher à mes côtés, son visage tourné vers le mien tandis qu'il me parle, car je l'entends nettement.

— Il y a une raison à ce nom ?

— Pas vraiment. C'est juste comme ça que je voulais appeler le premier animal que j'aurais.

Il hoche la tête, et nous continuons de discuter durant tout le trajet jusqu'à finir par enfin déboucher sur ce qui ressemble à une petite ville. L'odeur incessante de la légère pollution, du goudron et des pots d'échappement des voitures flotte en maître dans l'air, recouvrant celle de la nature alentour. Je suis un peu triste de quitter cet environnement apaisant, mais il faut qu'on trouve quelqu'un pour nous aider avec la voiture et qu'on nourrisse ce chiot, et nous par la même occasion, parce que je commence à avoir faim. Mon petit-déjeuner remonte à très loin, désormais.

— Il y a un petit lac normalement un peu plus loin, si on continue de marcher tout en restant au bord de la ville. Il y a beaucoup de verdure, c'est plus une ville de campagne qu'autre chose, en fait. Je pense que ça nous ferait du bien d'y aller. D'autant plus qu'il y a un magasin pas loin du lac aussi !

— Comment tu sais tout ça ? Tu es déjà venu ?

— Pas du tout. Mais je me suis renseigné. C'est ici que je voulais t'emmener manger ta glace.

Tout en s'expliquant, Jongguk continue de me guider à travers toutes les senteurs et les bruits nouveaux que je perçois.

— Bon, en fait, je m'étais renseigné depuis pas mal de temps pour t'emmener dans un endroit calme et posé, et quand tu m'as dit de rouler, j'ai pensé à venir ici. Sauf que j'ai mal calculé l'essence, comme tu as pu le constater. Donc on est tombé en panne, mais je sais quand même où on est. J'ai joué le jeu parce que je voulais garder la surprise, mais j'avais mon GPS sur mon téléphone que je regardais de temps en temps pendant qu'on marchait.

— Alors on n'est pas perdus. Mister Jongguk avait tout prévu.

— Mister Jongguk, ça me fait penser à Mister Freeze, là. Les glaces à l'eau.

Je souris comme un idiot, non parce que sa remarque m'a amusé – bon, peut-être un peu – mais surtout parce que je suis heureux. Heureux que quelqu'un fasse autant attention à moi. Le geste de Jongguk vaut bien mieux que tout l'or du monde. Je ressens enfin ce que ça fait quand on prend soin de moi sans faire attention à ma cécité et qu'on me considère comme quelqu'un de normal.

— Gukkie, merci.

Ma voix est un peu plus faiblarde que je ne le voudrais, et ma main vient timidement chercher la manche de Jongguk pour que je m'agrippe à lui, histoire de le remercier silencieusement.

— Pourquoi, Taesong ?

— Parce que tu… Tu me considères comme quelqu'un de normal. Qui est ton égal. Et ça fait du bien. Tu me fais du bien, Jongguk.

— Parce que tu n'es pas normal ? Pourtant, je ne te vois pas doté de trois oreilles ou de six bras.

Il sourit avant de venir glisser son bras autour de mes épaules pour me serrer délicatement contre son corps, Tannie se retrouvant protégé entre nos deux torses.

— Tu n'es pas normal, et moi non plus. Après tout, la normalité fait grave chier, tu ne trouves pas ? Sincèrement, Taesong, si tu étais normal ou parfait, il n'y aurait absolument aucun intérêt à ce que je sorte avec toi. Moi, j'aime les défauts, les imperfections, les blessures, les cicatrices. J'aime ce qu'il y a à réparer et ce qu'il y a à construire. Tu n'es pas bizarre, et le fait que tu sois aveugle me charme bien plus que tout le reste. Parce que, justement, j'ai tellement de choses à te faire redécouvrir. Tellement de sensations à te faire ressentir. Et le fait que tu n'y voies pas et que ça décuple tes sens me ravit au plus haut point. Parce que tu ressens tout cent fois plus fort. Comme…

— Toi.

Jongguk hoche la tête près de moi, et je donnerais tout pour toucher à nouveau son visage et sentir le sourire qu'il a quand il reprend la parole contre mes doigts.

— Tu es comme moi, un peu. Et je te jure que ça fait énormément de bien de se sentir compris, pour une fois. Je me sens rassuré de partager un bout de moi avec toi, même si ça reste différent. Et tu sais quoi, quitte à ne pas être normal, à être bizarre, ou fou pour certains, autant l'être à deux. Je me ferai un plaisir de perdre la raison à tes côtés, Taesong.

— Et moi, je me ferai un plaisir de la perdre à cause de toi, Jongguk.

On avait arrêté de marcher depuis de longues secondes maintenant. Ou était-ce des minutes ? Peu importe, je ne sais pas et je m'en moque. Tout ce qui compte, ce sont les paroles qu'on s'échange, et nos peurs les plus profondes qu'on laisse enfin sortir.

J'ai envie de pleurer de soulagement, là, maintenant. Le cœur gonflé à bloc et prêt à exploser tant tout ce qu'on s'est dit me fait du bien. Je suis enfin compris, et je suis enfin aimé et apprécié à ma juste valeur. Je ne suis pas traité comme une personne en situation de handicap, inférieure au reste de la population. Et c'est d'ailleurs bien dommage, parce que toutes les personnes possédant un handicap ne devraient pas être traitées de la sorte. Personne ne mérite ça.

— On est complètement fous.

Jongguk se met à rire doucement près de moi. Son front vient à la rencontre du mien, sa respiration douce et légère s'abattant avec volupté sur le bas de mon visage.

— Et ça me plaît d'être fou avec toi, Jongguk. Non, pardon. Ça me plaît d'être fou de toi.

Mon cœur bat à tout rompre dans ma cage thoracique pendant que je parle, car jamais je ne me suis autant confié à quelqu'un sur ce que je ressens au plus profond de moi. Et ça me soulage, j'ai l'impression qu'une lourde masse se retire de mon cœur et de mes épaules.

Jongguk ne répond pas. Mais sa réponse est tout autre. Silencieuse pourtant, elle véhicule tout un tas d'émotions à la fois quand ses lèvres viennent à la rencontre des miennes. À nouveau, je ne suis plus maître de mon esprit. Je suis le mouvement doux et suave des lèvres de Jongguk qui bougent sur les miennes en laissant ma respiration devenir bruyante, sans même chercher à la retenir. Je veux qu'il sache à quel point il me rend dingue. Et quel plaisir de voir que c'est réciproque.

Mais avant que nos émotions ne s'emballent et que je finisse par presque couiner de bonheur contre ses lèvres charnues, Jongguk se décolle de moi, et après avoir échangé de légers rires complices, nous continuons de marcher jusqu'à trouver son fameux lac. Parce qu'en effet, plus on approche, plus je sens l'air humide venir fouetter mes joues. J'ai la folle impression qu'à nouveau, je pourrais m'envoler. Je me sens si léger. Tellement léger. C'est à la fois dingue, démesuré et incroyable ce qu'il se passe.

Et la main de Jongguk qui se serre dans la mienne d'excitation m'indique que lui aussi a hâte qu'on arrive. D'ailleurs, c'est limite s'il ne saute pas dans tous les sens quand je comprends qu'on est arrivés à notre fameuse destination.

— On y est ! C'est super beau, Taesong. Il y a des tables en bois disposées un peu partout, du sable qui entoure le lac, des aiguilles de pins qui parsèment le sol, des galets aussi, et enfin cette étendue transparente face à nous. On va mettre les pieds dans l'eau ?

Je lui suis tellement reconnaissant de me décrire ce qu'il voit. Là où chez d'autres ça m'aurait agacé, venant de Jongguk, ça ne me dérange pas, au contraire. Je hoche donc grandement la tête et le laisse me guider vers l'eau fraîche du lac. Il me demande de retirer mes chaussures à un moment donné, à cause du sable qui nous restreint de plus en plus dans nos mouvements à mesure qu'on approche de l'eau.

C'est donc pendant que je retire mes chaussettes d'une main, le petit Tannie toujours dans l'autre, que Jongguk se baisse juste à mes pieds d'un seul coup, me prenant par surprise.

— Qu'est-ce que tu fais ? Tu veux déjà m'épouser ?

Il pouffe de rire, puis je sens ses doigts habiles remonter les ourlets de mon pantalon sur mes mollets.

— Je peux t'épouser si tu le souhaites, mais là, je veux juste faire en sorte que ton pantalon ne soit pas trempé. C'est comme tu veux. Mais je te préviens, tu auras une bague faite d'épines de pins.

Je souris en disant que tout me va si ça vient de lui, puis enfin, nos orteils rentrent ensemble dans l'eau plus que gelée du lac. Oui parce qu'on est quand même en hiver, il ne faut pas l'oublier. Aussitôt, c'est comme si je venais de me prendre une décharge électrique dans tout le corps.

— Ah Jongguk, c'est froid ! Lâche-moi, je veux sortir !

Ledit Jongguk éclate de rire en finissant par me lâcher tant je gesticule, pour que je file en courant à moitié sur la terre ferme.

— Taesong est un petit frileux.
— Hein ? Mais pas du tout !
— Alors je peux faire ça ?

Sans que je n'aie le temps de réagir, ses deux grandes mains glaciales viennent à la rencontre de mes joues. Mon corps est saisi parcouru d'un grand frisson désagréable, ce qui me fait crier de plus belle.

— Va-t'en ou je te mords !

Je me recule précipitamment à nouveau en évitant de m'emmêler les pieds, la petite boule de poils entre mes doigts se mettant à aboyer vers Jongguk, ce qui m'arrache un éclat de rire.

— Même Tannie va te bouffer. Ne m'approche pas ! Je t'entends marcher !

— Je te tiens !

Doucement, il attrape à nouveau mon visage en coupe entre ses mains fraîches, puis il vient délicatement embrasser ma joue en laissant ses lèvres traîner sur ma peau de façon délicieuse. Mes yeux sont fermés, cherchant à retracer le parcours de sa bouche sur mes pommettes, mes doigts resserrant légèrement Tannie contre moi pour que je tente de m'accrocher à quelque chose de réel.

Ne pas perdre pied. Ne pas perdre pied. Ne pas… Ne pas perdre pied. Ne pas p… Ne pas faire quoi avec ses pieds ?

— Taesong, reste ici, je reviens. Il y a un magasin pas très loin, je vais chercher des croquettes pour Tannie et… Ben & Jerry's, c'est ça ?

Je souris bêtement en hochant simplement la tête, encore dans mon état de léthargie totale, ses lèvres toujours contre ma joue pendant qu'il parle.

— Tu reviens vite ?

— Aussi vite que possible, mon chat.

On est limite en train de faire de l'ASMR tant on se chuchote l'un à l'autre pour se parler. Mais je finis par le laisser filer en le regrettant presque aussitôt.

Tandis que je l'entends s'éloigner, je prends finalement place sur ce qui est une table de camping en bois, déposant délicatement le chiot sur mes cuisses en continuant de caresser son pelage broussailleux. Le corps en ébullition suite à ce qu'il s'est passé, je laisse ma tête se relever pour fixer l'horizon, toujours invisible pour moi.

Mais pour une fois, les sens en alerte et l'esprit encore empreint de toutes les sensations qui m'ont assailli, je me surprends à penser que je ne vois plus de flashs de mon accident. Pour une fois, quand je ferme les yeux, ou pas, la mort, la peur, l'anxiété, la crainte, l'angoisse, l'épouvante, l'horreur, la panique et le cauchemar ne s'invitent plus dans le néant qui se trouve derrière mes paupières. Ils vont sûrement finir par revenir, un de ces jours, mais pour l'instant, ils n'y sont plus. Pour mon grand bonheur.

Parce que désormais, ce qui apparaît, c'est ce que j'ai touché dans la voiture de Jongguk, des heures plus tôt. Ses lèvres, ses sourcils, ses pommettes, ses joues, son nez, son menton, les commissures de sa bouche, son front, les imperfections de sa peau et à la fois sa douceur parfaite, voire irréelle.

J'essaie de le peindre derrière mes yeux éteints. Je veux m'imaginer à quoi il ressemble quand il sourit, râle ou rit. Parce que grâce à lui, désormais, je n'ai plus de visions cauchemardesques.

Il y a seulement des songes doux et aimants.

Des rêves qui laissent enfin leur place à l'amour.

Parce que je suis compris. Pour la première de ma vie, on ressent ce que j'éprouve.

Je ne suis plus seul.

***

Après avoir passé deux bonnes heures au bord du lac, nous retournons vers la voiture, le vent devenu plus frais faisant encore plus rosir nos pommettes. Jongguk m'explique que le soleil est en train de se coucher, et d'un signe de tête, je le remercie pour l'information en gardant Tannie entre mes bras. Nous discutons un peu de tout et de rien pendant le retour, et je me rends compte que Jongguk a exactement la même impression que moi.

Notre sortie au lac a été beaucoup trop courte.

Les heures ont défilé telles des minutes, voire des secondes, et c'est assez frustrant de se dire que maintenant, nous devons rentrer.

— La dépanneuse ne devrait plus tarder !

Jongguk s'exclame quand on approche du véhicule, et je laisse un doux sourire étirer mes lèvres en déposant Tannie au sol pour qu'il puisse un peu se dégourdir les pattes.

— Merci pour cette balade. J'ai adoré.

Il m'affirme que c'était avec plaisir et, sans prévenir mais de manière très douce, me colle un doux baiser sur la joue avant de se diriger vers l'arrière de la voiture, au vu du bruit que j'entends qui ressemble à celui d'un coffre qu'on ouvre.

— Je ne sais pas si tu vas prendre Tannie sur tes cuisses, mais comme je le suppose, je dois avoir des couvertures par là.

Je hoche la tête et marche à tâtons vers l'endroit où il se trouve, les bras à demi tendus devant moi. J'arrive à bien me repérer grâce au bruit qu'il fait en fouillant dans son coffre, et c'est à peine dix secondes après, tout sourire et heureux, que je viens l'encercler par-derrière avec mes bras.

Enfin ça, c'est ce que je crois.

En vérité, je bute contre lui avec plus de force que je ne le pense, et je l'entends pousser un léger grognement quand il bascule à moitié dans la voiture.

— Oh pardon, je… Eh !

Cette fois-ci, c'est moi qui râle quand je sens ses doigts venir s'enrouler autour de mon avant-bras pour m'entraîner avec lui. Il rit à n'en plus finir en voyant sans aucun doute la tête que je fais, alors que je m'étale un peu n'importe comment contre lui. Mon nez se trouve à deux millimètres de sa mâchoire, et mes mains s'appuient un peu là où elles le peuvent, autrement dit l'une sur son torse et la seconde sur le haut de sa cuisse.

— Jongguk !

— Présent.

Je le sens sourire près de l'arête de mon nez, et je sais que si je lève la tête, nos lèvres seront séparées par seulement un mince filet d'air.

Mais honnêtement, je ne m'en prive pas, aimant par-dessus tout cette proximité qu'il y a entre nous. Et je sais que lui aussi, car à la seconde où je redresse mon visage, l'une de ses mains glisse sous mon menton pour le relever également. Son souffle délicat, chaud, caresse et virevolte contre mes lèvres que je ne peux m'empêcher d'humidifier en ayant connaissance de la maigre distance qui nous sépare.

Je peux sentir le poids de ses yeux se balader sur mon faciès, et sans attendre davantage, je viens laisser ma bouche percuter la sienne. La tension est bien trop palpable pour que je patiente encore. Je veux le sentir. J'en ai *besoin*.

C'est complètement fou l'attraction qu'il se passe entre nous à chaque fois que nous sommes proches ainsi. Tels deux aimants, il nous est impossible de ne pas être attirés l'un par l'autre.

Mais ce qui devait être au début un baiser rempli de douceur et de passion se transforme bien vite en un échange ardent et acharné.

La langue de Jongguk demande rapidement l'accès à ma bouche, alors que de mon côté, le souffle court et fiévreux, je m'emploie à mordiller et tirailler ses pauvres lèvres. Mon geste lui arrache des soupirs rauques, qui m'envoient des frissons puissants jusqu'en bas du ventre.

Le temps semble s'être arrêté. Il n'y a que lui et moi, affalés dans cette voiture, ses mains qui se glissent sous mon haut, et ses lèvres quémandeuses qui reviennent m'embrasser encore et encore. Je meurs de chaud, transpirant et geignant contre la bouche de mon amant quand il s'éloigne de moi, mes lamentations le faisant revenir aussitôt.

Je ne sais plus à partir de quand ses doigts sont venus se glisser sur mon ventre, dessiner la courbe de mes hanches, pour finir par caresser la peau délicate de mon dos. Nos baisers ne sont jamais les mêmes, tantôt cuisants, puis légers, et puis de nouveau sensuels et enflammés.

Il me fait perdre la tête. Cette dernière me tourne de passion, et me permet à peine de me rendre compte que quand Jongguk s'éloigne de moi, c'est moi qui reviens assaillir ses lèvres délicieuses comme dans un état second. Mes doigts se glissent dans ses cheveux, puis la seconde d'après, ils ont disparu sous son T-shirt, et encore après, ils encerclent son visage. Je ne sais pas ce que je fais, je me laisse guider par mes sens, mon instinct. La seule chose qui m'apparaît clairement, c'est que c'est bon. C'est divinement bon.

Même plus. Lui et moi, c'est délicieux.

Mais malheureusement, comme toutes les bonnes choses ont une fin, c'est un bruit de moteur qui nous ramène subitement à la réalité. Il vient percuter la barrière de notre cocon pour le faire voler en éclats, et lentement, je finis par m'éloigner de Jongguk, haletant et pantelant. Je me rends compte qu'il est dans le même état que moi, et je peine un peu à reprendre mes esprits après ça.

Je me recule quand même, en comprenant que c'est la dépanneuse que je perçois et qu'elle vient de se garer non loin de nous.

— Respire, Taesong.

Je le sens sourire, puis il vient remettre mes cheveux en place, qu'il a décoiffés pendant notre échange passionné. Une fois que c'est fait, il embrasse ma tempe et m'aide à me redresser. J'y parviens mieux que je ne le pensais, malgré mes jambes qui tremblent encore.

— C'était fou.

Je murmure à peine, les oreilles encore chaudes et les lèvres marquées par le passage répété des dents et de la langue de Jongguk.

— Totalement.

Il chuchote contre mon lobe, puis je l'entends faire signe à la dépanneuse pendant qu'encore tout fébrile, je m'occupe d'appeler Tannie et de rassembler les couvertures.

Elles sont chaudes entre mes doigts, et je me mets à sourire bêtement quand je sais que nous en sommes la cause.

15
Noodles with love

— Pourquoi vous ramenez un chien ?
— Bien le bonsoir à toi aussi, Namkyu.

À peine rentré, je lève les pieds pour éviter de me casser la figure à cause de cette foutue carpette, tout en serrant comme par réflexe Tannie contre moi en m'avançant à tâtons vers le salon de l'appartement. Jongguk, lui, ferme la porte derrière nous, puis je l'entends agiter en l'air les boîtes en carton qu'il tient dans les mains.

— On est passé chez Mee ! Nouilles aux crevettes pour tout le monde !

Des acclamations de joie lui répondent, ainsi que mon propre ventre qui réclame grandement à manger. Parce qu'en effet, la glace que nous avons partagée une fois que Jongguk était revenu au lac me semble bien loin désormais. Quand les dépanneurs étaient arrivés, ils avaient gentiment refait le plein d'essence en se foutant de nous quand Jongguk leur a expliqué toute l'histoire, puis ils avaient dit qu'ensemble, on était très mignons.

Et comme après ça, nous avions encore un peu de temps avant l'heure du repas, nous étions passés chez le vétérinaire qui nous a rassurés en disant que Tannie n'avait miraculeusement rien, à part quelques égratignures et qu'il fallait bien faire attention que ça ne s'infecte pas.

Soulagés, nous étions enfin rentrés dans notre petite ville, passant chez Mee pour commander des nouilles à emporter et ne pas revenir les mains vides.

— Des nouilles !!!

La voix de Jinwoo s'élève bruyamment depuis le salon et je l'entends débarquer en courant grâce à ses pieds qui martèlent le sol pendant qu'il vient vers nous. J'en déduis qu'il a dû nous attendre pour pouvoir plus tard rentrer avec Jongguk, étant donné qu'on est partis avec la voiture, mais je suis très surpris que Namkyu ne l'ait pas atomisé entre-temps. Sa discussion avec Wei à l'extérieur a dû le calmer un peu, pour mon plus grand bonheur. Je n'ai pas envie que tout soit froid entre le meilleur ami de Jongguk et le reste de la bande s'il devait passer du temps avec nous prochainement.

— Je suis vraiment très content de te voir aussi Jinwoo, quel plaisir.
— Oh ça va, Gukkie, t'étais en bonne compagnie.
— Eh bien, théoriquement, comme je suis aveugle, tu vois, je n'aurais pas pu le défendre contre de potentiels agresseurs.
— Y a quoi dans les nouilles ? Vous avez pris sauce à quoi ?
— Merci, Namkyu.
— Jinwoo, lâche la boîte !
— Non, c'est fait pour manger ! Donne !!

Je roule des yeux en pouffant de rire après avoir entendu Jongguk râler quand son meilleur ami tente de lui piquer le repas de force, et que ça fonctionne. Quant à moi, je retire simplement mes chaussures et laisse Jongguk se saisir de ma main pour m'emmener vers l'espace commun de l'appartement pour que nous puissions tous passer à table.

Malgré mon envie féroce de manger, je la mets rapidement de côté quand, une fois dans le salon, je sens une ambiance bizarre flotter dans l'air. Je le sens pratiquement aussitôt : quelque chose ne va pas.

Et je le comprends entièrement quand, avec Jongguk, nous venons de faire à peine trois pas vers la salle commune et qu'il se crispe en serrant un peu plus mes doigts entre les siens. Et si je ne vois pas pourquoi il s'est arrêté aussi brusquement pour se figer à mes côtés, je l'entends.

Des pleurs. Des pleurs que j'aurais pu reconnaître entre mille.

— Que… Jaemin ?

Je lâche rapidement Jongguk en lui confiant Tannie qui dort entre mes bras, pour me précipiter vers le bruit des sanglots de mon meilleur ami que je perçois venir de devant moi.

— Jaemin, qu'est-ce qu'il y a ? Jaem…

Je sais comment est l'appartement, et de ce fait, il ne me faut pas plus de deux minutes pour trouver le corps de Jaemin roulé en boule et blotti contre un accoudoir du canapé. Wei est juste à côté de lui, et je me rends compte que si je ne l'ai pas entendu à notre arrivée, c'est parce qu'elle devait sûrement s'appliquer à le réconforter.

Mais le réconforter de quoi ?

— Qu'est-ce qu'il se passe ? Jaem ? Wei ?
— C'est… C'est Yongso, je… Hyosik, il… Il…

Je ne comprends rien. Rien du tout.

La dernière fois que j'ai quitté Jaemin, c'était juste avant de monter dans la voiture de Jongguk. Qu'est-ce qu'il s'est passé entre-temps au juste ? Pourquoi il me parle de Hyosik et de Yongso ? Ils sont passés à l'appartement ? Ils ont dit quelque chose de mal à Jaemin pour qu'il soit dans cet état ?

— Yongso ? Hyosik ? Quoi ? Ils ne sont plus ensemble ?

Wei me lègue gentiment sa place sur le canapé près du petit corps de Jaemin, tandis qu'elle va de son côté gronder Namkyu qui ouvre les boîtes de nouilles comme un bourrin.

Je la remercie gentiment, prenant place près de Jaemin, et je laisse aussitôt mes mains trouver le chemin jusqu'à ses cheveux si doux et soyeux que je commence à caresser pour l'apaiser. Je reste là de longues secondes, à masser son crâne et à embrasser son front pour l'aider à se calmer, parce que je veux qu'il prenne son temps pour respirer convenablement et atténuer ses sanglots.

— Je suis là, Jaemin.

Pour toute réponse à mes mots, je sens Jaemin passer ses bras autour de mon buste, ramener ses jambes vers son ventre, pour laisser échouer ses larmes contre moi tandis que je m'applique à faire des petits cercles du bout des doigts dans son dos.

— Jinwoo, comment tu peux manger alors que l'un de nous ne va pas bien !

— Bah ce n'est pas mon problème.

— Jinwoo !

— Roh désolé… Tu veux une crevette, Jaeminie chéri ?

Décidément, pendant notre absence, les trois autres ont eu le temps de discuter, et de tisser un léger lien entre eux, vu comme ils sont tous aussi décontractés les uns envers les autres. Et au vu du coup que je venais d'entendre juste après la demande de Jinwoo suivie du prénom qu'il a crié, je comprends rapidement que Namkyu vient de le frapper sous la table.

— T'as fait exprès !

— Pas du tout, mon pied a dérapé. C'était donc toi en face ? Oups, tu m'en vois navré.

— Je vais te tu…

— Non merci, Jinwoo, je ne veux pas de crevette.

Jaemin bouge contre moi, avant de prendre un bout de mon T-shirt que je lui tends pour essuyer son visage trempé.

— J'ai pas très faim…

— Jaem, dis-moi. Je suis là pour t'écouter.

— Bah en même temps, t'es pas là pour le voir.

Le rire de Namkyu envahit la pièce, tandis que je roule des yeux en laissant mon regard se tourner vers la direction d'où me parvient sa voix.

— Très perspicace, Namkyu. Je te remercie de ce commentaire inutile. Maintenant, mange tes nouilles avant que je te les fasse bouffer par le nez. Et comme je suis aveugle, en effet, tu te doutes que ce sera plus lent que si j'y voyais. Quoique tes narines soient assez énormes, si j'en crois mes souvenirs. Ça devrait donc être facile de remplir tes parachutes.

— Vous voyez, ça, c'est mon mec.

Je sens Jongguk sourire fièrement à travers ses paroles, et je ne peux m'empêcher d'esquisser un fin sourire à mon tour en sentant mon cœur se gonfler de joie.

— Donc vous êtes officiellement ensemble ?

Jongguk répond pour nous deux et je peux entendre son sourire devenir plus grand encore.

— Bien sûr que oui, je n'embrasse pas tous les gars que je croise au coin de la rue. Il n'y a que Taesong qui a su retenir mon cœur. Et je veux qu'il le garde.

— Jongguk poète. Et toi, la grande asperge, personne dans ta vie ? Tu m'intrigues.

Secrètement, je remercie Jinwoo d'avoir lancé le sujet vers Namkyu, parce que je suis tellement touché par les simples mots de Jongguk que je me sens un peu trembler d'émotion contre Jaemin. Ce dernier le remarque et passe discrètement le bout de ses doigts sur l'intérieur de mon bras pour me montrer qu'il est là lui aussi.

— Non, pour le moment, je n'ai personne, pourquoi ? Intéressé ?

— Pas du tout non, c'est par curiosité.

— Cool, parce que moi non plus.

— Dans tous les cas, si j'ai bien compris, comme Taesong l'a expliqué, tu as des parachutes en guise de narines ? Tu pars déjà avec un gros handicap. Pas étonnant que tu ne puisses t'envoyer en l'air avec personne, mon pauvre. Mais au moins, avec ça, t'as comme un superpouvoir, tu repousses tout le monde. Vois ça plutôt comme une opportunité. Pas de risque d'avoir le sida.

— Ok, je vais le buter.

Jongguk éclate de rire si fort que ça fait même rire Jaemin assis contre moi, et moi par la même occasion, car je finis par me laisser aussi porter par toute l'agitation alentour. Je n'ai d'ailleurs pas besoin de percevoir ce qui m'auréole pour le comprendre. Surtout grâce aux cris qu'ils expriment tous. Même Jinwoo pouffe dans son coin, son rire étant coupé de temps en temps par l'aspiration qu'il fait pour manger, ainsi que par des bruits de mastication.

— Namkyu, assieds-toi ! Pose cette baguette ! Pose-la ! Tu vas te blesser tout seul !

Wei essaie de rétablir le calme dans le salon, mais c'est peine perdue étant donné qu'elle rit tout autant que nous.

— Arrête de manger en plus ! Quel insolent ! Eh, je te parle !

— Namkyu !

— Mais regarde le Gukkie ! Regarde comment il se moque de moi !! Oh je vais le buter, c'est bon.

— Mais je ne peux même pas sourire ! Votre pote est fou.

Jinwoo rit si bruyamment qu'en réalité, nous repartons en fou rire à cause de son rire, oubliant même pourquoi nous nous étions esclaffés au tout début.

C'est seulement de longues minutes après que l'on se calme lentement, reprenant notre repas en ayant encore de gros sourires fichés sur nos lèvres. En tout cas, je ne sais pas pour les autres, mais pour moi, mes lèvres sont tant étirées à leur maximum que ça m'en fait mal aux joues.

Et qu'est-ce que c'est bon de rire comme ça sans même savoir pourquoi.

— Je vais sûrement casser l'ambiance, mais… Hyosik m'a demandé de passer chez lui pour voir Yongso et… Enfin… On… On a dérapé… Il nous a surpris, Yongso et moi… En train de… On était à deux doigts de s'embrasser. Il a mis Yongso à la porte et m'a dit de dégager, avant qu'il me casse la gueule, et c'est normal, je le sais… On a fait de la merde… Mais je m'en veux tellement pour lui… Je m'en veux si fort, je ne veux pas, je… Je ne veux pas le blesser, même si je savais ce qu'il résulterait de mes actes… Et je sais que maintenant, c'est trop tard. C'est pour ça que je pleure… Je me déteste…

— Ah oui, ça a l'air chaotique tout ça.

Je vous jure que si j'avais encore mes yeux, j'aurais pu tuer Namkyu d'un simple regard tant ses remarques « amusantes » sont déplacées au vu de la situation. Mais je sais qu'il fait ça pour détendre l'atmosphère à sa manière, et nous faire rire. Sauf que vu comment il s'y prend, aussi maladroit soit-il, on a juste envie de lui planter une fourchette dans la main pour le faire se ressaisir.

— Namkyu, sérieux.

— Quoi ? Franchement, ça devait arriver. Yongso et Jaemin sont pires que deux aimants. Bon, ce n'est pas très malin d'avoir fait ça sous le nez de Hyosik par contre, il aurait mieux valu lui avouer votre attirance commune qui n'a pas disparu malgré les années. Je pense qu'il l'aurait déjà un peu plus accepté. Mais ça ne m'étonne pas plus que ça. Ça étonne qui, d'ailleurs ? Vous avez juste très mal fait les choses. Mais pas de souci, ce n'est pas la fin du monde. Vous n'êtes pas les premiers à qui ça arrive, et vous ne serez pas les derniers. Vous n'avez pas non plus été dans une situation facile, c'est compliqué de prendre ce genre de décision. Mais je suis sûr que ça va s'arranger. Non, Wei, ça c'est ma crevette, donne. Merci.

Personne ne lui répond, et je dois bien admettre qu'il a raison. Tout le monde ici a connaissance de l'amour que se portent incontestablement Jaemin et Yongso. À force de se repousser, comme l'a dit Namkyu, tels deux aimants, on s'attire encore plus fort. Et Jongguk et moi en sommes également la preuve. Jongguk a essayé de repousser ce qu'il ressentait pour moi, mais pour quoi au final ? Parce que je ne l'en aime que plus encore, et ce pour encore un très long moment.

— Jaemin, tu devrais parler à Hyosik. Avec Yongso.

— Je... J'aimerais bien, mais je pense que c'est trop tôt pour le moment. Mais je lui parlerai, je veux discuter de tout ça avec lui quand il voudra bien m'accorder un peu de temps. J'attendrai. Je voudrais juste qu'il ne se mette pas à détester Yongso par ma faute, même si... c'est sûrement déjà le cas. Il doit nous haïr tous les deux.

Ma main continue de passer lentement entre ses mèches soyeuses en signe d'apaisement. C'est souvent comme ça entre lui et moi, il faut qu'on soit proches pour arriver à mieux se réconforter. La présence de l'autre nous rassure.

J'allais d'ailleurs répondre à ses mots d'une voix douce, quand Jongguk près de moi me devance, libérant par la même occasion Tannie qui se faufile entre mes bras pour venir s'installer entre Jaemin et moi.

— Hyosik ne déteste pas Yongso. Il ne peut pas le détester. Tout ça, c'est soudain pour lui comme pour vous. Il va souffrir pendant quelque temps, et c'est normal, tout comme Yongso de son côté, mais après, je suis certain qu'il sera apte à vous écouter. Laissez-lui le temps. Et puis, sincèrement, je pense qu'il a fini par se faire une raison. Surtout depuis ce soir-là où tu as embrassé Yongso.

— Ce n'est pas Jaemin qui m'a embrassé. C'est moi. Il m'a couvert en disant que c'était lui.

Faisant un léger bond de surprise, je me tourne vers le couloir de l'appartement pour analyser la nouvelle voix qui vient de résonner dans le salon et qui se joint aux nôtres.

— Depuis quand il est là ?
— Depuis le début. J'étais en train de pisser.
— Bah mon con, t'en as mis du temps.

Jinwoo parle d'un ton détaché, avant de proposer des nouilles aux crevettes au nouvel arrivant. Qui n'est pas si nouveau que ça d'ailleurs, étant donné qu'il est arrivé avec Jaemin.

— Je n'ai pas faim, euh...
— Jinwoo.
— Je n'ai pas faim, Jinwoo. Mais merci.
— T'es tout maigrelet, mon petit. Une bonne ration de nouilles ne te ferait pas de mal, tu sais.
— Jinwoo, laisse-le.

Jaemin se lève après avoir bien remis Tannie sur mes genoux en lui administrant une caresse, pour se diriger vers Yongso en reniflant faiblement.

— Jaemin, ça va aller. Ça va aller. On ira le voir. Pour nous excuser dans un premier temps, mais aussi pour lui parler. Enfin, en tout cas moi, j'ai à lui parler.

— Tu… Tu vas lui dire quoi ?

Yongso a l'air d'esquisser un léger sourire doux et sincère, qui se sent à travers sa réponse.

— Dans un premier temps, j'ai à m'excuser. Malgré le fait que je lui aie déjà dit ce que je ressentais pour toi avant tout ça, je n'aurais pas dû le quitter de la sorte.

— Tu lui as parlé ?

— Bien sûr. Je me devais d'être honnête quant à ce que je ressentais. C'était il y a quelques jours, voire peut-être une ou deux semaines. Je lui ai dit clairement ce que je ressentais pour toi, et il l'a accepté, à contrecœur. Ça a été très dur. Pour lui comme pour moi. Mais je ne me voyais pas continuer à vivre avec lui alors que mon attirance était pour un homme tout autre. Je ne veux pas jouer sur deux tableaux, je me devais d'être sincère. Alors il sait. Et je pense qu'il était persuadé que ça allait déraper entre nous à l'instant même où il t'a demandé de venir. Mais il avait besoin de toi et je pense aussi que d'un côté, il s'en est servi pour mettre un terme à notre relation. Je le connais, et je sais qu'il n'aurait pas réussi à me dire de foutre le camp sans raison, ni réussi à partir de lui-même.

— Ce garçon est vraiment courageux. Il a un cœur énorme.

Wei murmure pour tout le monde, et on hoche tous silencieusement la tête. Je ne les vois pas, mais je suis persuadé qu'on pense tous la même chose. Non seulement Hyosik est fort, mais il est aussi très compréhensif. Parce qu'il aurait pu aborder cette rupture de bien d'autres manières, mais il a choisi de le faire de la façon la plus admirable qui soit.

— Et puis…

Yongso reprend, la voix légèrement empreinte d'émotion :

— Je vais le remercier d'avoir toujours été là pour moi, pendant toute cette période de ma vie où j'ai cru à chaque instant toucher le fond. Il m'a sans arrêt tiré vers le haut. Même quand ça n'allait pas. Même quand j'ai fini à l'hôpital, branché à plusieurs machines, immonde et méconnaissable. Il était là. Il a toujours été là. Et pour ça, il mérite ma reconnaissance éternelle. Je sais qu'il m'aime, et je l'aime aussi. Que ce soit sa personnalité, sa jovialité, son sourire qui s'illumine quand il voit qu'il fait beau ou qu'il a neigé. J'aime tout chez lui, mais d'une autre manière que lui aime tout chez moi.

Tannie remue contre moi pour trouver une position plus confortable pour se coucher, ce simple geste me tirant un peu du discours captivant et si poignant de Yongso.

— Et je ne pense pas que ce soit mal, au contraire. On s'aime juste tout aussi fort, mais différemment. Et j'ai vraiment essayé du plus profond de mon être de l'aimer comme il m'aime. Je crois qu'inconsciemment, j'ai tout fait pour m'accrocher à lui dans le but de t'oublier. Pour passer à autre chose. Mais tu étais toujours là, dans un coin de ma tête. Tu persistais à me hanter, toi, tes joues, ton sourire, tes dents qui se chevauchent et ton odeur enivrante. Je n'ai jamais pu me résoudre à t'oublier, Jaemin. Jamais.

— Yongso… Hyosik est un ange… Il ne mérite pas tout le mal qu'on lui fait…

— Je sais. Mais je ne peux pas continuer à mentir, Jaemin. Je ne peux pas contrôler mon cœur, ni ce que je ressens… C'est mal, c'est destructeur, j'en ai conscience. Et ça me bousille bien plus que ce qu'on pourrait croire… Je sais que je suis égoïste, je ne pense qu'à moi, qu'à nous, et à côté de ça, je le fais atrocement souffrir. Mais je ne sais pas comment je pourrais faire autrement vis-à-vis de ce que je ressens pour toi.

Pendant tout le reste du discours de Yongso, personne ne prend la parole. Je gigote un peu sur mes fesses, me demandant si les autres se sentent eux aussi légèrement écartés de cette discussion. Un peu comme si nous n'étions pas autorisés à entendre des mots aussi purs et sincères qui ne nous concernent pas directement. Mais en vérité, on est tous bien trop curieux au fond pour s'éclipser poliment du salon.

C'est donc en écoutant ce que Yongso et Jaemin se disent que j'en apprends bien plus sur Hyosik ce soir-là, et que je suis vraiment ébahi par sa façon de réagir envers l'amour que se portent mutuellement Yongso et Jaemin.

Clairement, il faut plus de personnes comme lui, c'est un fait.

Et puis, pour être honnête, je l'avais senti, cette aura mystérieuse et intime qui flotte entre ces trois-là. Le trio que forment Yongso, Jaemin et Hyosik est bien trop envenimé dans les secrets et la complexité qui rôde autour de l'Amour pour que je puisse en comprendre ne serait-ce que le quart. Mais ce que je veux simplement, c'est qu'ils soient tous heureux, peu importe comment et avec qui. C'est la seule chose qui compte.

— Je veux vraiment m'excuser auprès de lui, Yongso…

— Et tu le feras, mais pas tout de suite. Il a besoin de temps, et nous aussi de notre côté. On ne devrait pas prendre de décisions hâtives.

— Hm… Oui. Tu as raison… On rentre ?

Je comprends assez vite que Yongso vient de hocher la tête suite aux paroles de Jaemin.

— Merci pour le repas, on va vous laisser. Ça m'a fait du bien de venir ici après ce qu'il s'est passé. Merci à vous tous.

Il se tait pendant une fraction de seconde, durant laquelle ma main passe délicatement derrière les oreilles de Tannie, et pendant que je hoche la tête en lui disant que c'est normal d'être là pour lui.

— Dites, les garçons, est-ce que ça vous dérangerait de me ramener ? Ou sinon, vous pouvez me déposer à un arrêt de bus et je me débrouillerais après, je ne veux pas vous embêter.

La jolie voix féminine de Wei retentit parmi nous, suivie d'un bruit de frottement de tissu contre un des fauteuils du salon. Je ne tarde pas à comprendre qu'elle s'est levée, et c'est avec curiosité que je fronce les sourcils.

— Tu bosses demain ?

— Oui, Taesong, j'ai réussi à prendre quelques jours pour passer du temps avec toi ces dernières semaines, mais je dois rattraper des heures, maintenant.

— Pas de souci, on te ramène.

— Merci beaucoup. Je suis désolé de partir comme ça. Amusez-vous bien tous les quatre, pas de bêtises et faites attention !

Namkyu pouffe de rire en disant que le seul problème qu'on risque d'avoir c'est une pénurie de nouilles étant donné que Jinwoo s'empiffre comme si sa vie en dépendait. S'ensuit une nouvelle chamaillerie entre ces deux-là, pendant qu'avec Jongguk, nous saluons poliment les trois autres qui s'en vont.

Quelques secondes après, d'ailleurs, la porte d'entrée qui claque à leur passage me signifie qu'ils sont bel et bien partis.

— Bon, Taesong, si tu ne manges pas, je veux bien ta portion.

— Mais ce gars n'arrête jamais de bouffer !

— Je ne te parle pas à toi.

— Pourtant, c'est ce que tu fais en ce moment même.

Les deux garçons continuent de se chamailler pour savoir qui aura la portion de qui, alors que je ne me suis même pas exprimé sur le sujet.

— Eh, bande de ventres sur pattes, mon copain n'a pas encore mangé, donc vous lui laissez sa portion, c'est un conseil. Sinon, j'envoie Tannie vous bouffer.

La pauvre petite boule de poils s'est endormie paisiblement sur mes cuisses, ce qui me fait sourire pendant que Jongguk vient se blottir contre moi. Ses doigts fins et habiles frôlent mes épaules, m'envoyant une multitude de papillons dans le ventre, avant qu'ils ne remontent élégamment dans mes cheveux sombres et tout en pagaille après la folle journée que nous avons passée.

— Jongguk, défenseur des nouilles de Kim Taesong.

Je pouffe légèrement en disant ça. Je le trouve adorable à vouloir faire en sorte que les deux autres ne me piquent pas mon repas.

— Je ne peux pas les laisser manger ton plat, bébé.

Il souffle ces quelques mots à mon intention, et il ne m'en faut pas davantage pour me mettre à rougir face à ce surnom. Il glousse discrètement, fier de la situation dans laquelle il me met en observant mes joues rosées, et me glisse la boîte de nouilles aux crevettes entre les doigts juste après pour m'inciter à manger.

— C'est bien beau d'apporter du réconfort à tes amis, mais il faut que tu penses à ton confort aussi. Mange.

— Arrête de me donner des ordres, déjà. Ça me donne encore moins envie de manger, juste pour désobéir.

— Tu vas vite calmer ton envie de désobéissance avec moi. Mais puisqu'il le faut… Mange, s'il te plaît, Taesongiiiie !

— Eurk, je vais vomir. J'espère que t'as pas fait une tête mignonne, là.

— Oups.

— Heureusement que je suis aveugle, pour rien au monde j'aurais voulu voir ça.

Je roule des yeux d'un air amusé avant de me mettre à manger avec appétit. Et en effet, à peine la première bouchée engloutie, c'est comme si mon estomac venait de se réveiller, et je ne peux m'empêcher de presque dévorer mon plat dans les secondes suivantes.

— Eh oh, doucement ! Tu vas t'étouffer !

— Ch'est chuper bon ! Moi faimch !

Mais je me force tout de même à me calmer. Je ne souhaite pas mourir tout de suite étouffé par des nouilles aux crevettes. Quelle mort ridicule.

— Sinon les mecs, vous savez que je partage cet appart avec Taesong, n'est-ce pas ?

Je fronce les sourcils d'incompréhension, ne voyant pas où Namkyu veut en venir exactement.

— Bien vu, Captain Obvious.

— Taesong, laisse-moi finir avant de ramener ta fraise.

Jongguk pouffe légèrement près de moi tandis que Jinwoo, de son côté, semble s'en foutre royalement étant donné qu'il mange encore. Ce gars n'a donc jamais le ventre rempli ? Namkyu, lui, nous ignore complètement avant de reprendre d'un ton faussement agacé :

— Bon… Ce que je disais, c'est que je ne veux pas de ce chien. Pas une bouche de plus à nourrir ! C'est hors de question, file-le à ton mec.

— C'est le chien de Taesong !

Jongguk s'offusque et je le sens bouger contre moi, sa main ne tardant pas à trouver le pelage de Tannie qu'il se met à caresser en me frôlant quelque peu comme s'il voulait le protéger. Par ailleurs, Tannie étant couché à moitié sur mon entrejambe, je vous laisse donc imaginer la situation très malaisante dont je suis désormais victime. Bien que consentant, évidemment, mais clairement pas en public. Surtout devant Namkyu. Le mec qui s'excite quand il y a juste échange de salive avec la langue. Alors je vous laisse imaginer pour ce qui est du reste.

— Gukkie, tu…

— Hm ?

J'aurais bien aimé chuchoter pour lui dire de retirer sa main, mais visiblement, c'est cet instant précis que choisissent d'un commun accord non intentionnel Jinwoo et Namkyu pour arrêter de manger et se mettre en mode silencieux.

Bon sang.

— Oui, Taesong ? Qu'est-ce qu'il y a ?

« Tu veux bien retirer ta main d'au-dessus de mon bambou ? Non pas que ce soit très dérangeant dans le fond, mais on est en public, donc mon coco, un peu de discrétion tout de même. »

Mouais. Je ne peux décidément pas lui dire ça comme ça.

— Tu… Mh… Tu veux rester dormir ici ce soir ?

— Quoi ?!

Je sursaute si brusquement après le cri que vient de pousser Namkyu que le pauvre Tannie fait un bond presque aussi grand que lui contre mon ventre.

— Namkyu, tu ne t'appelles pas Gukkie, à ce que je sache.

— Peut-être, mais c'est hors de question qu'il reste ici !

— Et pourquoi ? Cet appart est le mien au même titre que toi, pour rappel.

— Parce que vous allez faire des gosses !

Si j'avais pu m'étouffer avec ma langue dans les secondes qui ont suivi ses paroles, c'est sûrement ce qu'il se serait passé si Jongguk n'avait pas aussitôt explosé de rire.

— Oh Namkyu. Si je fais l'amour à Taesong, crois-moi que je ne ferai partager ses cris à personne.

Jinwoo se marre bien dans son coin tandis que la couleur de mes joues doit sans aucun doute ressembler à celle d'un piment. Pour cacher ma gêne apparente, je gratte un peu plus les oreilles de Tannie qui se met à grogner légèrement sous ma nervosité grandissante.

— Non pas que votre vie sexuelle m'intéresse, les gars, mais je suis sérieux, pas de bruit.

— Oh moi, je ne vois pas pourquoi ça te dérange. Puis en plus, comme toi t'as zéro chance de rencontrer quelqu'un, vois ça comme une occasion de vivre un peu une expérience sexuelle mais sans partenaire, tu vois ? Tu auras juste l'audio sans la pratique. C'est mieux que rien, moi je dis.

— Je vais vraiment finir par…

— Me tuer, ouais, je sais. Mec, t'es en boucle, ça devient relou.

Le meilleur ami de Jongguk tape soudainement dans ses mains d'un geste joyeux après avoir dit ça, avant de se tourner vers moi puisque je perçois un peu plus clairement sa voix.

— Si Gukkie reste ici, au fait, moi aussi.

— Non ! Non, pas question ! La tentation de l'homicide volontaire sera trop forte ! Tu dégages de mon appart, toi ! Je ne te veux pas ici !

— Je ne t'ai pas demandé ton avis, en fait. T'es qui ?

— Je m'appelle Kim Namkyu moi, Monsieur, et c'est mon appa…

— Rien à foutre.

Sincèrement, je ne réussis pas à m'empêcher de pouffer de rire face à ces deux spécimens rares, le chaud dans mes joues finissant par disparaître petit à petit, même si rien que l'idée de savoir Jongguk près de moi me fait transpirer.

Oui, bon, je n'ai jamais dit que je faisais dans le glamour.

— Bon, c'est réglé alors ! Gukkie dort avec moi et Jinwoo avec Namkyu !

— Pardon ?! Moi vivant, jamais de la vie.

Jongguk embrasse ma joue à plusieurs endroits d'un geste tendre et amoureux, avant de se lever pour débarrasser le repas au vu des bruits d'emballages que j'entends qui frottent contre la table.

— Eh oh ça va mec, je te jure que je ne ronfle pas. Enfin, pas trop. Demande à Gukkie.

— T'es un vrai mammouth, Jinwoo.

— Cool, tu ne m'aides pas. En plus, cette comparaison n'était vraiment pas nécessaire.

— Ah non mais clairement, tu dors sur le canapé, j'en ai rien à faire.

— Quelle galanterie. Et après, il s'étonne d'être tout seul. Pas étonnant vu sa gueule et le fait qu'il ne soit même pas un gentleman.

— Je suis un gentleman, juste pas avec toi. Parle-moi correctement et après on verra si je décide de te faire la cour.

— Et en plus, il est susceptible.

— Jinwoo, c'est bon.

Jongguk part vers la cuisine en riant doucement devant leurs enfantillages, et je vous assure que c'est un des plus beaux sons du monde.

— Je vais t'aider. Je ne veux pas être complice auditif de meurtre.

Embrassant la petite tête de Tannie et le reposant avec précaution sur le canapé, je me lève doucement en faisant attention à ce qui m'entoure pour me diriger vers la cuisine après avoir attrapé à tâtons les boîtes de nouilles vides restantes.

— Gukkie, t'es vers où ?

— Ici, mon cœur.

Je n'ai même pas le temps de me préparer émotionnellement parlant à ce nouveau surnom qu'il est déjà derrière moi. Ses bras entourent mon buste, et son nez qui vient se nicher contre mon cou brûlant me fait tressaillir.

— Tu veux que je fasse un arrêt cardiaque ou quoi, Jang ?
— Non, bébé, juste un câlin.
— Un câl… Aah !

Je serre entre mes doigts aussi fort que possible les anses des boîtes de nouilles en mordillant fortement ma lèvre pour tenter de me contenir un minimum. Jongguk vient de glisser ses doigts chauds et habiles en dessous de mon pull, à l'endroit où se trouve la peau de mon ventre. Il s'amuse à le caresser de long en large, y faisant parfois des petits cercles tout doux ou même des petits cœurs, laissant ses lèvres se promener en même temps sur l'épiderme brûlant de ma nuque.

Ma tête se penche légèrement sur le côté opposé, comme par automatisme, pour lui offrir plus de place alors que je suis complètement dans un état second.

État qui ne s'améliore absolument pas quand monsieur commence à souffler sur les traînées humides qu'il a laissées dans mon cou à l'aide de sa langue. Et autant vous dire que ça, c'est juste incroyable. Rien que ce simple petit geste envoie des frissons dans l'entièreté de mon corps. Je ne suis plus moi-même, plus maître de mes mouvements, ni de mes réactions. Et c'est à peine si je calcule le fait que Namkyu et Jinwoo soient dans la pièce d'à côté.

— Jongguk, je… Stop, arrête. Je vais mourir.

Bien sûr, ce n'est qu'une façon de parler. Mais cette passion qui me fait croire que mon être entier va imploser m'attire en réalité plus qu'elle ne m'effraie. Je sais que je ne vais pas mourir, évidemment, mais l'amour que me témoigne Jongguk me porte si haut que c'en est sensationnel.

Oh oui, et pour ce qui est des sensations, j'en ressens tellement plus que ce que je n'aurais jamais pu imaginer. C'est juste dingue.

— Euh les gars sérieux on a dit de pas baiser. Namkyu va péter une durite.

Je mets de longues secondes avant de revenir à la raison, les lèvres de Jongguk traînant encore de manière taquine dans mon cou, comme si l'intrusion de son meilleur ami ne le dérangeait pas le moins du monde. Mais il finit tout de même par s'éloigner de moi, me laissant tout pantelant entre ses bras qu'il garde autour de mon buste. J'ai terriblement peur qu'il entende mon cœur palpiter comme un fou dans ma cage thoracique, mais il ne semble pas y prêter attention. À la place, il enfouit son nez dans mes cheveux à l'arrière de mon crâne tandis que j'essaie de respirer convenablement.

— On ne baise pas, Jinwoo, on fait l'amour, déjà.

— Oui bon, c'est pareil. Poussez-vous que je jette les déchets. Allez. Décollez-vous un peu.

Jongguk râle dans son coin avant de me serrer davantage entre ses bras pour qu'on puisse se décaler ensemble vers un coin plus tranquille de la cuisine. De mon côté, je ne cesse de tourner ma tête vers lui, et dès que je sens mon nez frôler sa joue, je continue en accentuant ce simple geste pour ressentir la douceur de sa peau sur la mienne.

— Taesong, t'es où ? Aaah, t'es là. Mais pourquoi vous êtes autant collés ? La flèche de Cupidon vous a farouchement traversés, on dirait hein. Vous êtes mignons quand même.

Je lève les yeux au ciel en entendant Namkyu se joindre à nous dans la petite cuisine. Mais j'esquisse un léger sourire tout de même avant de laisser la joue de Jongguk tranquille à contrecœur pour me tourner vers mon meilleur ami.

— Je suis là, comme tu peux le constater, qu'est-ce qu'il y a ?

Je l'entends se déplacer, puis le couvercle de la poubelle claque, signe qu'il vient de jeter les détritus qu'il devait avoir entre les mains.

— J'ai oublié de te dire avec tout ça que le docteur Choi a appelé tout à l'heure. Elle veut te parler de quelque chose d'important.

— Pourtant, le contrôle pour mes yeux n'est pas pour tout de suite. Elle t'a dit ce qu'elle voulait ?

— Oui, vaguement, elle m'a dit les grandes lignes. Mais je pense sincèrement que tu devrais l'écouter elle. Pas moi.

Je fronce brusquement les sourcils sans comprendre. Qu'est-ce qu'elle peut bien avoir à me dire de si important si ce n'est pas en rapport avec mon rendez-vous qui aura lieu dans quelques mois ? J'ai rarement de ses nouvelles étant donné qu'on ne se voit que quelques fois par an, et elle en prend des miennes quand on se voit lors de nos rendez-vous. Parfois, il m'arrive de l'appeler quand je ressens une douleur anormale ou quoi que ce soit, parce qu'elle sait me rassurer, mais ça s'arrête là.

Le docteur Choi est celle qui me suit depuis mon accident. Si elle peut se montrer stricte parfois, surtout parce que je fais ma tête de mule, elle est aussi très douce et très apaisante dans ses propos. Quand je vais à l'hôpital, je ne veux voir qu'elle et personne d'autre.

— Mais Namkyu, je ne comprends pas. Tout va bien avec mes yeux pourtant, qu'est-ce qu'elle veut ?

— Aaah mais t'es pas croyable, Taesong, je te dis que ce n'est pas à moi de te dire ça. Je vais très mal te l'expliquer ! Quel mec têtu, sérieux.

— Je suis aveugle !

— Je m'en fiche ! Franchement, courage Jongguk, t'es pas sorti de l'auberge.

— Namkyu, dis-moi !

Ma curiosité commence à atteindre sa limite. Mais c'est surtout que j'ai peur au fond de moi. Est-ce qu'on a découvert quelque chose de grave dans mes yeux ? Et si oui, pourquoi est-ce que ça survient plusieurs mois après ? Ça n'a aucun sens. Je suis du genre à paniquer assez rapidement, je veux simplement qu'on me rassure. Et vite.

— Namkyu, s'il te plaît, dis-lui simplement pourquoi elle a cherché à le joindre. Il va la rappeler pour qu'elle lui dise les détails, mais dis-lui le plus gros.

La main de Jongguk se faufile contre mes hanches pendant qu'il parle pour m'attirer délicatement vers son torse. Je soupire faiblement en signe de remerciement. Je suis touché par ce qu'il vient de faire, puis je pose ma joue contre lui pour attendre que Namkyu s'exprime, les mains moites.

— Bon. Mais vraiment, moi, j'explique mal, vous devriez l'appel…

— Namkyu !

— Oui, pardon, ça va. Mais je vous aurai prévenus.

Mon cœur bat si vite et si fort que je crains qu'il ne sorte de ma poitrine tant j'ai peur de ce qu'il va m'annoncer. J'ai aussi terriblement mal au ventre à cause du stress, et sans m'en rendre compte, je me mets à serrer de toutes mes forces le bas du T-shirt de Jongguk entre mes phalanges. Il ne s'en formalise pas, me plaquant encore plus fort contre son corps pour me montrer qu'il est là, et ce jusqu'à ce que Namkyu reprenne enfin la parole après avoir inspiré longuement.

— Taesong, qu'est-ce que tu dirais d'y voir à nouveau ?

À suivre…

Remerciements

J'ai passé tant de temps à rêver ce moment qu'en vérité, je ne sais pas par quoi commencer.

J'aimerais avant tout dédier ce livre à tous mes proches, toutes mes précieuses amies, qui n'ont jamais cessé de croire en moi et de me pousser vers le haut, alors même que je n'y croyais plus. Alors même qu'*Éros* n'existait pas. Aussi, je voudrais dédier ce roman à tous mes lecteurs, ceux qui ont été là depuis le tout début, ceux qui sont arrivés en cours de route, et ceux qui sont toujours là. Ils m'ont vu grandir, ils m'ont raconté une partie de leur histoire, ils m'ont appris et inculqué leurs valeurs, et leur propre vision de l'Amour, et pour ça, je leur en serai infiniment reconnaissante. Ce livre ce n'est pas juste moi, c'est nous tous. Et je suis heureuse de l'avoir porté jusqu'ici à vos côtés.

Un immense merci à Yoann, Cynthia, Clémentine et à toute l'équipe de JDH Éditions qui font un travail formidable. Merci d'avoir cru en moi assez fort pour me donner ma chance, et pour m'avoir permis d'arriver jusqu'ici.

Merci également à ceux qui sont passés sur la correction de ce bouquin, mais surtout merci Sabrina, ma correctrice en chef qui, par miracle, n'a pas fait une overdose de ce roman même après être repassée dessus une dizaine de fois. Merci pour ton aide et ton soutien.

Merci également à Candice, qui a donné vie à mes personnages.

Et merci à Mazarine, pour m'avoir donné la foi et l'espoir dont j'avais besoin pour réaliser la promesse qu'on s'était faite.

Enfin, je souhaiterais accorder des remerciements tout particuliers à un groupe de musique qui m'a portée jusque-là, et qui m'a appris à avoir foi en moi. Ils ont su me montrer qu'il ne faut jamais baisser les bras, et qu'il faut toujours croire en ses rêves, coûte que coûte. Ayez la force de les poursuivre, la force de montrer au monde entier ce que vous valez. Alors oui, en cours de route, il se peut que vous échouiez, mais ne vous arrêtez pas de grimper pour autant. Parce que je peux vous assurer que la vue à l'arrivée vaut bien un millier d'échecs.

1 – Carpet 11
2 – Child 17
3 – Park Jaemin 27
4 – Jaune Cou 39
5 – Hypersensitivity 51
6 – Jung Wei 59
7 – Touch me 69
8 – Illegal substance 75
9 – Bloody eyes 87
10 – Love, hamburger and calories 99
11 – Do you want to build a snowman 113
12 – Sensuality 125
13 – Hamster 145
14 – Tannie 167
15 – Noodles with love 191

Remerciements 211

Laurine Boireau est du genre à craquer pour le méchant de
l'histoire, à porter deux chaussettes différentes,
à donner une odeur à l'été et à l'hiver,
et à avoir une (très) grosse addiction aux mochis.

Retrouvez-la sur Instagram :

À découvrir dans la collection Romance Addict

Doutes
Tome 1 : La part des anges
Tome 2 : L'ivresse assassine
Tome 3 : Les vendanges tardives
de Zéa Marshall

Never… ou presque !
De Zéa Marshall

Cœurs de Soldats
Tome 1 : Parce que c'est toi…
Tome 2 : Je te promets…
de Bella Doré

Coup de foudre à Saint-Palais
d'Angélique Comte

Plumes à Plume
de Nathalie Sambat

Les chocolats ne fondent pas à Noël, les cœurs oui !
Collectif de nouvelles

Les glaces fondent en été, les cœurs aussi !
Collectif de nouvelles

Accommoder au safran
de Maryssa Rachel

Ce qui nous lie
de Rosalie Muller-Boiral

Addictive, acidulée, sexy, passionnée.

Une collection inédite, originale.
Elle se décline en 4 styles :

Romance, Sexy Romance, Dark Romance et **Romance LGBT**

SCAN ME

Retrouvez nos auteur(e)s, nos nouveautés, nos actualités sur la page Facebook de Romance Addict

Découvrez les autres collections de JDH Éditions

Magnitudes

Drôles de pages

Uppercut

Nouvelles pages

Versus

Les Collectifs de JDH Éditions

Case Blanche

Hippocrate & Co

My Feel Good

F-Files

Black Files

Les Atemporels

Quadrato

Baraka

Les Pros de l'Éco

Sporting Club

Tierra Latina

Les Pros de l'Immo

L'Édredon

La revue littéraire de JDH Éditions

Venez découvrir les textes de la revue

**Textes et articles dans un rubriquage varié
(chroniques, billets d'humeur, cinéma, poésie…)**

Suivez **JDH Éditions** sur les réseaux sociaux pour en savoir plus sur les auteurs, les nouveautés, les projets…

Inscrivez-vous à notre Newsletter sur
www.jdheditions.fr
Pour recevoir l'actualité de nos nouvelles parutions